今《いま》この瞬間《しゅんかん》も
?

昔からメイソウしてんじゃん
呼ばれてないよね??
一年合宿
リオでビーチやる!
は??
ある日
瞑想
えっ
迷走
えっ?

日向毎日瞑《めい》想《そう》してるらしいよ
?

Memories of SHOYO HINATA

リバーシブルカバー
なんで　俺が
メインなのかわかる?
理由はこの小説を
読めばわかるよ
!!

JUMP j BOOKS

ハイキュー!!
ショーセツバン!!

古舘春一
星希代子

XIII
妖怪世代を追え!

日向翔陽《ひなたしょうよう》

烏野高校出身。
「MSBY ブラック
ジャッカル」所属

木兎光太郎《ぼくとこうたろう》

梟谷学園高校出身。
「MSBY ブラック
ジャッカル」所属

宮 侑《みやあつむ》

稲荷崎高校出身。
「MSBY ブラック
ジャッカル」所属

佐久早聖臣《さくさきよおみ》

井闥山学院出身。
「MSBY ブラック
ジャッカル」所属

影山飛雄《かげやまとびお》

烏野高校出身。
「シュヴァイデン
アドラーズ」所属

牛島若利《うしじまわかとし》

白鳥沢学園高校出身。
「シュヴァイデン
アドラーズ」所属

星海光来《ほしうみこうらい》

鴎台高校出身。
「シュヴァイデン
アドラーズ」所属

桐生八《きりゅうわかつ》

狢坂高校出身。
「Azuma Pharmacy
グリーンロケッツ」所属

五色工《ごしきつとむ》

白鳥沢学園高校出身。
「Azuma Pharmacy
グリーンロケッツ」所属

尾白《おじろ》アラン

稲荷崎高校出身。
「立花 Red
falcons」所属

百沢雄大《ひゃくざわゆうだい》

角川学園高校出身。
「大日本電鉄
ウォリアーズ」所属

古森元也《こもりもとや》

井闥山学院高校出身。
「EJP（東日本製紙）
RAIJIN」所属

夜久衛輔《やくもりすけ》

音駒高校出身。
「Cheegle
Ekaterinburg」所属

黒尾鉄朗《くろおてつろう》

音駒高校出身。
日本バレーボール協会
競技普及事業部

岩泉一《いわいずみはじめ》

青葉城西高校出身。
アスレティック
トレーナー

及川徹《おいかわとおる》

青葉城西高校出身。

「CA サンファン」

所属

CHARACTERS

澤村大地《さわむらだいち》

烏野高校出身。
宮城県警
生活安全部

田中龍之介《たなかりゅうのすけ》

烏野高校出身。
スポーツ
インストラクター

山口忠《やまぐちただし》

烏野高校出身。

家電メーカー勤務

月島蛍《つきしまけい》

烏野高校出身。

「仙台フロッグス」

所属

青根高伸《あおねたかのぶ》

伊達工出身。
社会人チーム
「VC 伊達」所属

烏養繋心《うかいけいしん》

烏野高校男子バレー
ボール部コーチ。
坂ノ下商店店主

武田一鉄《たけだいってつ》

烏野高校教諭。
男子バレーボール部
監督

菅原孝支《すがわらこうし》

烏野高校出身。

小学校教諭

赤葦京治《あかあしけいじ》

梟谷学園高校出身。
少年漫画誌「週刊少年
ヴァーイ」編集部勤務

孤爪研磨《こづめけんま》

音駒高校出身。
「(株) Bouncing
Ball」代表取締役

天童覚《てんどうさとり》

白鳥沢学園高校出身。

ショコラティエ

二口堅治《ふたくちけんじ》

伊達工出身。
社会人チーム
「VC 伊達」所属

柄長二三《えながふみ》

スポーツライター

山本《やまもと》あかね

音駒高校出身。
出版社
インターン中

宮治《みやおさむ》

稲荷崎高校出身。

「おにぎり宮」

店主

北信介《きたしんすけ》

稲荷崎高校出身。

農業

ハイキュー!!

ショーセツバン!!

XIII 妖怪世代を追え!

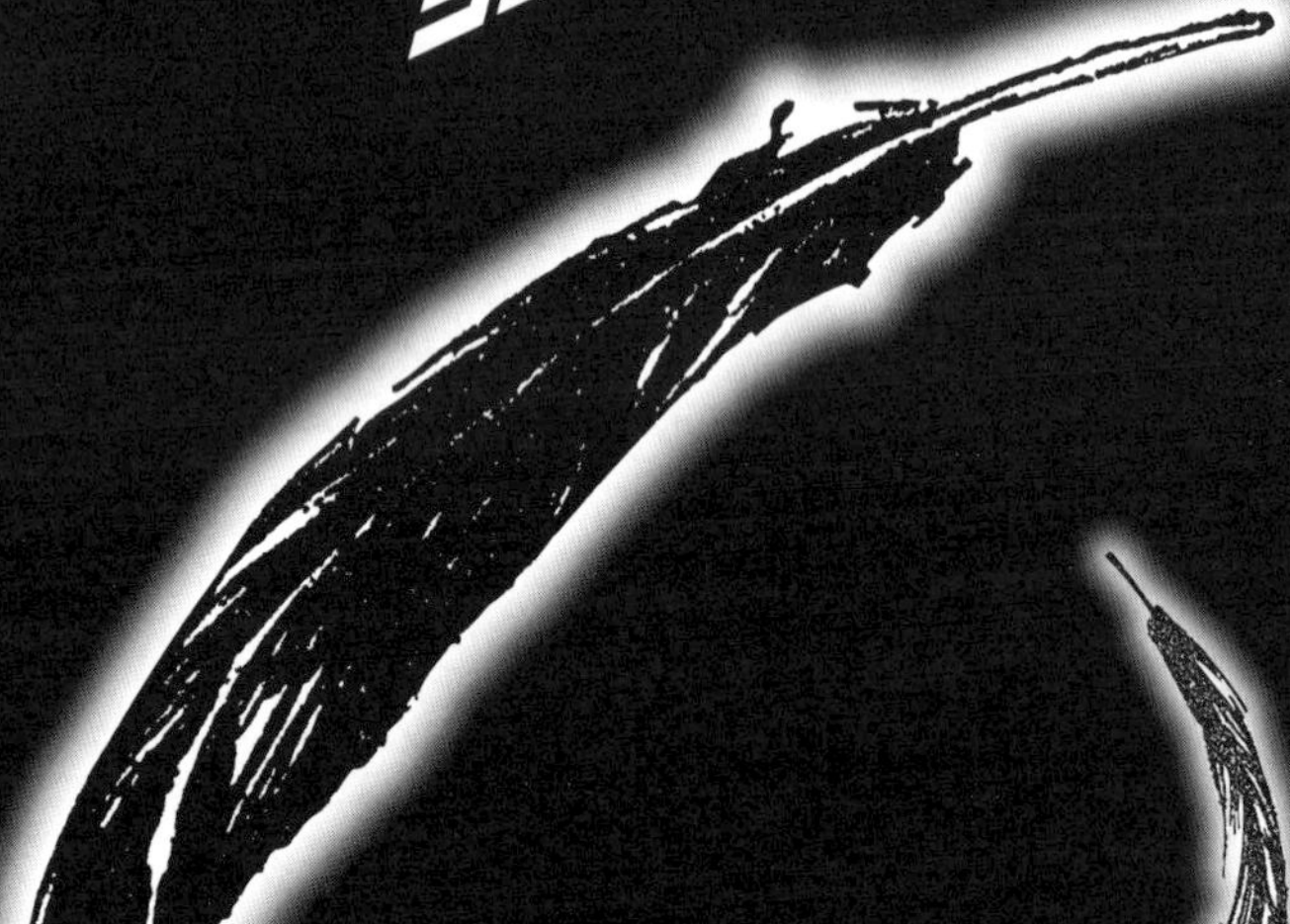

CONTENTS

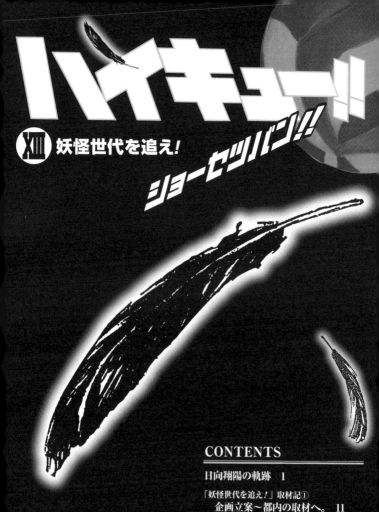

「妖怪世代を追え!」取材記①

企画立案〜都内の取材へ。

はじめに

小さな拳《こぶし》が、熱く、震える。

東京へ戻る新幹線、その座席にちょこんと小さく収《おさ》まった山本《やまもと》あかねの目に、車窓《しゃそう》の景色は映っていない。彼女の脳裏《のうり》に繰《く》り返《かえ》し繰り返し映し出されているのは、ついさっき終わったばかりの試合――カメイアリーナ仙台《せんだい》で開催されたシュヴァイデンアドラーズ対M《ム》S《ス》B《ビ》Y《イ》ブラックジャッカル戦だ。

会場の熱気がまだ体にまとわりついて、むずむずと落ち着かない。

「……はあっ」

緊張感に耐えかねて大きく息をつき、あかねは決心する。

「絶対、追いかける！」

「え、何を？」

隣の座席にいた月刊バリボーの先輩記者、柄《え》長《なが》二三《ふみ》がキーボードを叩《たた》く手を止めた。

「あっ、すみません！　邪魔《じゃま》しちゃって！」

「ううん、ちょうど休もうと思ってたところ」

柄長はノートパソコンを閉じて訊《き》く。

「で、何を追いかけるの？」

「〝妖怪世代《モンスタージェネレーション》〟、です！」

あかねの目が輝いた。

そして拳を握《にぎ》り、喋《しゃべ》りだす。

「私、思ったんです」

日本バレーボール界の長い歴史には、もちろんこれまでもキラ星のごとく優秀な選手、伝説と謳《うた》われる選手が多数いたことだろう。これまでの常識を覆《くつがえ》すような才能や戦術が現れるたび、バレーボールは刻々と進化してきたのだと思う。

その歴史のいちばん先端、ちょうど今もまた、そういった規格外の選手たちが同時多発的に現れている。その場に居合わせている自分はなんと恵まれているのだろうか。この幸運に甘えることなく、感謝を忘れず、しっかりと意識的に彼ら《妖怪世代》を追いかけていきたい――。

というようなことを、あかねは東京までの時間いっぱい、全力でまくしたてたのだった。

これまでは学校の友達にバレーボールのことを話すたびに空気が冷えこむ、というかドン引きされるのを感じていたけれど、いまは周《まわ》りの人たちがみんな、自分以上の熱量でもって受け止めてくれる。そんな最高の環境にいる喜びを、噛《か》み締《し》めながら。

さて、選手たちにインタビューすることも多い柄長は、知識と熱量があるだけでなく、聞き上手《じょうず》であり訊き上手でもある。あかねに思う存分喋らせたあと、訊《たず》ねることも忘れない。

「そして？　ただ試合を見るだけじゃないんでしょう？」

「……………！」

あかねは興奮に体を震わせて、そして待ってましたとばかりに宣言した。

「みんなに、話を聞きたいんです。そして、どうして今なのか、どうして彼らなのかを知りたいんです！」

ぜんぶ聞きたい、ぜんぶ知りたい。

私がこれまでこの目で見てきた選手、そしてこれからも追い続ける選手は彼らなのだから。私は、妖怪世代《モンスタージェネレーション》を追いかけ続けて、その強さの秘密を絶対に解《と》き明《あ》かす！

「それって、インタビューしたいっていうこと？」

柄長の問いに、あかねは大きく頷《うなず》く。

「彼ら妖怪世代《モンスタージェネレーション》が一堂に会《かい》した伝説の春高《はるこう》、私もその場で、この目で見ていました！　あの春高の時代まで遡《さかのぼ》って、選手たちだけじゃなくて、チームメイトや関係者たち……会える人全員に話を聞きたいと思ってます！」

「選手たちに話を聞くなら、コラム的な感じで連載にできそうって思ったけど、関係者までとなるとちょっと違うかな？」

ベテランの柄長はすぐにビジネスとしての落とし所を考えたが、あかねの夢は小さなコラムに収まるサイズではないようだった。

「コラム……、特集ページ……。ううん、もっと……本一冊になるくらいのボリュームで考えてます！」

「それは大きく出たね……。でも面白《おもしろ》そう、応援するよ」

「だけど問題が……」

あかねの勢いが、しゅんとしぼむ。

「なに？」

「選手たちに話を聞くのも、関係者に話を聞くのも……、出版社のインターンっていうだけでただの大学生の私が、どうやって話をつければいいのか、と思うと……」

すっかり小さくなったあかねを見て、柄長が笑った。

「そう？　あなたなら、力になってくれそうな人がいるんじゃない？」

「え？」

公益財団法人日本バレーボール協会 競技普及事業部　黒尾《くろお》鉄朗《てつろう》
東京都渋谷《とうきょうとしぶや》区　喫茶店にて

「久しぶり、応援団長」

バレーボール協会が入ったビルの一階、昼過ぎの混《こ》みあったカフェに黒尾鉄朗《くろおてつろう》がやってきた。コーヒーカップの載《の》ったトレイを持つ黒尾に、あかねは立ち上がって挨拶《あいさつ》する。

「お久しぶりです！　本日はお時間を取っていただいてありがとうございます！」

深々と頭を下げる姿に「初々《ういうい》しくっていいねえ」と目を細めると、黒尾は「さて、本日はどのようなご用でしょう」とコーヒーカップを手に取った。

「ええと、実は、黒尾くんにお願いしたいことがあって」

「ボクにできることならよろこんで」

と、コーヒーを飲む黒尾にあかねはきり出す。

「〝妖怪世代《モンスタージェネレーション》〟のインタビューをしたいんです！」

「だったら、正規のルート《編集部経由》でアポイント取ったら？」

そう言われるであろうことはわかっていた。あかねは、用意していた言葉で返す。

「仕事じゃないから、黒尾くんにお願いしに来たんです！」

「なに？　卒論か何か？」

「まだ1年なので、卒論は……。考えなきゃいけないけど……」

「じゃあ、どういうことかな？」

あかねは、んんんーっと唸《うな》って考える。

仕事じゃない、卒論でもない。柄長さんは「黒尾さんなら力になってくれるんじゃない？」って言ってたけど、元チームメイトの妹っていうだけの私が個人的に迷惑をかけていいものなんだろうか……と悩んでいても始まらない。言うだけ言ってみなくては！

「個人的なライフワークにしたいと思っています！　いえ、将来的には仕事に、本にしたいし、今回も形になりそうだったら編集部がサポートするって言ってくれて！」

「ライフワークとは、大きく出たね」

「〝妖怪世代《モンスタージェネレーション》〟全員にインタビューしたいんです！　ロシアの夜久《やく》くんも。あと選手だけじゃなくて、関係者にも。それで、黒尾くんの力を借りたくて！」

そしてドキュメントケースから企画書を取り出し、「読んでください！」と渡す。

黒尾は「ちょっと拝見」ともったいぶって企画書をめくった。そしてしばらく読みこみ、顔を上げる。

「……これ、自分で作ったの？」

「はい。あ、いや、柄長さんや、編集部のみんなにも手伝ってもらって」

「期待のホープってことか」

思わぬ言葉に、あかねは首を振る。

「いえ、私なんてぜんぜん！」

「なんだ、ぜんぜんなのか。じゃ、この話はこれで」

と、立ち上がる黒尾に驚いて、あかねはあわてて訴《うった》えた。

「いえ！　あの！　私……、力不足ですけど、最善を尽《つ》くします！」

真《ま》っ赤《か》な顔をしたあかねを見てクスクスと笑うと、黒尾は座り直して頷く。

「よろしい。だったら、微力ながら協力させてもらいます」

「ありがとうございます！」

「その代わり」

と言って、黒尾は意《い》味《み》深《しん》な笑顔を見せた。

「な、なんでしょう……」

「広告枠《わく》、都合《つごう》つけてもらえると嬉《うれ》しいなー。あと、今、ジュニア大会のスポンサー探しててて。編集部にひと肌脱《はだ》いでもらえないかなあ」

「えっ⁉ 私、あの、まだインターンなんで……」

いきなり交換条件を持ちかけられてあわてるも、すぐにキッと黒尾を見据《みす》えた。

「でも、このご恩は必ず返します！ 絶対に！」

「はい、期待しています」

真顔《まがお》で応《こた》えて残りのコーヒーを飲《の》み干《ほ》した黒尾は、今度は本当に席を立つ。仕事に戻るのだろう。そしてちょっと振り向くと、ひらひらと小さく手を振って言《い》い足《た》した。

「あ、一応、取材申請書《しんせいしょ》出しといてねー。ウェブからダウンロードできますんで」

シュヴァイデンアドラーズ（東京《とうきょう》都小平《こだいら》市）Vリーグ Division《ディヴィジョン》 1

OP《オポジット》　牛島若利《うしじまわかとし》

試合後　都内　区立体育館選手控え室にて

指先が震える。まさか、最初の取材がいきなり〝日本の主砲〟だとは――。

控え室のドアを開けると、まず大きな背中が目に入ってきた。今しがた、立花《たちばな》レッドファルコンズ戦に勝利した牛島若利《うしじまわかとし》だ。背中から、圧倒的な強者のオーラが出ているように見える。あかねは震えを抑《おさ》えるために深呼吸すると、胸を張って挨拶した。

「お疲れさまです！　本日は、お疲れのところお時間いただきましてありがとうございます!!」

「いや、かまわない」

タオルで汗を拭《ふ》く牛島に、あかねはさっきから頭の中で何度も練習した言葉をかける。

「四連覇《れんぱ》に向けて、着々とポイントを重《かさ》ねていますね！」

「ああ。たしか今日《きょう》の取材は……」

「はい、『妖怪世代《モンスタージェネレーション》を追う！』というコンセプトで、高校時代まで遡って強さの秘密に迫《せま》りたいと思っています。よろしくお願いします！」

頭を下げるあかねに、牛島は言った。

「将来有望なスポーツジャーナリストだと、協会から聞いている」

「えっ⁉」

あかねの心臓がどくんと打ち、胸が詰《つ》まる。

く、黒尾くん、いったいどういうことですか‼　ただの学生にハードル上げすぎでは⁇

一瞬、気おくれするも、ここで引いてはいけないと踏みとどまる。相手は日本代表、自信を持って挑《いど》まなければ。私は将来有望なスポーツジャーナリスト……の卵‼

あかねは、なんとか笑顔を作ると片手を差し出した。

「ハイ！　よろしくお願いします！」

「よろしくお願いします」

そして牛島と向きあって座り、間にレコーダーを置く。とうとう最初のインタビューが始まった。

「それではさっそくですが、牛島選手のバレーボールとの出会いは」

「幼少の頃、父親が教えてくれた」

「お父様が」

それはリサーチ不足だった……と奥歯を噛んで、あかねはメモを取り、訊く。

「お父様も、選手だったんですか？」

「二部リーグの選手だった、今は海外でトレーナーをしている」

「どのような教えを受けたんでしょう。やはり厳《きび》しく？」

「いや、厳しくはなかった。ただ、強くなれ、と」

「シンプルな教えですね」

「強いチームには、強い奴《やつ》が集まると。そして強い環境は自分をさらに強くすると」

牛島の受け答えは、明快で強く、淀《よど》みがない。彼のプレーに似ている――と思いながら、あかねは訊く。

「常勝・白鳥沢《しらとりざわ》学園は、まさに強い選手が集められた最適な環境だったでしょうね」

「そうだな。強いだけではない、さまざまなプレイヤーがいた。確かに糧《かて》となった」

あかねは古びたノートを長机《ながづくえ》に出して、きり出した。

「牛島選手が出場した二度の春高、観戦していました。1、2年時から牛島選手を中心とした、圧倒的なパワーでねじ伏《ふ》せるようなチームでしたね」

それは当時の観戦ノートだった。小6、中1のときに書いたそのノートは、試合中に何度も握りしめたためにすっかりボロボロだ。

「二度か。そうだな、二度しか出場しなかった。常勝、ではないな」

牛島の表情は変わらない。そこに感傷はなく、ただ事実しかない、といった調子だ。

あかねは別のノートを開く。こちらはまだ新しく、この取材のために過去の宮城《みやぎ》県予選のデータを調べてコピーしたものである。

「宮城県予選、決勝の相手は1、2年のときが青葉城西《あおばじょうさい》高校。3年では烏野《からすの》高校でしたね」

牛島は頷いた。

「最後の年も、青葉城西と戦うものだと思っていた。そして青葉城西を倒し、全国へ行くものだと。自分のいるチームが最強のチームなのだと、それが当然なのだと信じていた」

「この年は、烏野はまだダークホース扱《あつか》いでしたね」

「ああ、そのうちの一名が、今はチームメイトだ」

「影山《かげやま》選手ですね」

「あのとき……」

　牛島の視線が、遠くへ、過去へと移るのがわかった。

　当時の影山とのエピソードが聞けると思ったあかねは、ペンを持ち直して身を乗り出す。

しかし、出てきたのは別の名だった。

「及川《おいかわ》が言った〝俺の後輩〟とは、影山のことだったのだな。頭は悪いが強い――と言ったのだったか。俺たちの敗北を、予見するかのようなことを言われた」

「及川……及川……」

　あかねの目がノート内を検索《けんさく》し、見つける。

「青葉城西高校の主将ですね」

「今はアルゼンチンにいる」

〝アルゼンチンの及川〟にも話を聞きたい！　と、あかねはその名を赤いペンで大きく囲《かこ》

Schweiden
11

う。どんな人なのだろうかと思いを馳《は》せたとき、ドアが開いて長身の選手が顔を出した。

「時間で、交代だそうです」

そう言って入ってきたのは、影山飛雄《とびお》だった。

シュヴァイデンアドラーズ　S《セッター》　影山飛雄《かげやまとびお》
試合後　都内　区立体育館選手控え室にて

席を立つ牛島に「ありがとうございました！」と頭を下げたあかねは、次《つ》いで入れ替わりの影山に挨拶する。

「影山選手、お疲れのところ申《もう》し訳《わけ》ありませんがよろしくお願いします！」

「平気っす」

とパイプ椅子《いす》に座った影山を前に、あかねは世間話も挟《はさ》まずインタビューを開始した。

「来年からのイタリア行きのこともお訊きしたいのですが、まずはバレーとの出会いをお聞かせください」

「…………」

しばらく表情も変えずに黙っていた影山が、やや首をかしげながら答える。

「……小2？　3？？　……1？？？」

「……低学年の頃からなんですね。始めたきっかけは？　テレビの試合を見たとか？　ご家族がやられていたとか？」

「祖父が、ママさんバレーのコーチをしていて、姉とついていくうちに」

「では小学生のときからジュニアチームで、中学は北川《きたがわ》第一中学校。宮城の強豪《きょうごう》校ですね」

訊くと、影山はちょっと心配になるほど黙りこんだ。そして、待って、待って、待ったのちに、プイッと横を向いて、小さく答える。

「……………………はい」

間《ま》、長いし！　なぜか顔そらしたし！

　試合中の印象から、クールな人なのかな？　と思っていた影山が見せた子どもじみた態度は、まだ取材慣《な》れしていないあかねを動揺させるのに十分だった。な、なんだろう、中学時代のこと、あんまり話したくないのかな。うわ、なんか眉間《みけん》のシワすごいし、怖《こわ》いし、どうしよう……。急いで別の話題に……。高校、高校のことなら……！

　と、あわててノートをめくったとき、影山は静かに口を開いた。

「……未熟だった」

「そ、そうでしたか」

　な、何があったんだろう……。ここでしっかりと中学時代のことを訊きこむのが、いいインタビュアーなんだろうけど……。

　でもできない！　私にはできない！　なんか怖い！

　と、あかねは敗北感とともに話題を変えるのだった。

「そして、高校は烏野高校ですね。日向《ひなた》選手とともに、烏野を全国へ導《みちび》いた立役者《たてやくしゃ》と言える影山選手ですが……」

「いえ、チームの力です」

はっきり否定して、続ける。

「強いチームでした。個人の技術だけで全国に行けるほど甘くないんで」

精緻《せいち》を極《きわ》めたトスワークを誇《ほこ》る稀代《きたい》の選手にしては、謙虚《けんきょ》すぎるのでは？　と意外に思ったが、確かに烏野は強かったのだ。知っている。攻撃への執着《しゅうちゃく》、執念がコートに漲《みなぎ》るようなチームだった。強かった。

「そうですね、そうでした。失礼しました」

と頭を下げて、あかねは続ける。

「その烏野高校で、現在ブラックジャッカルで活躍する日向翔陽《しょうよう》選手と出会ったわけですが、日向選手は当時どのような選手でしたか？」

そう訊ねた瞬間、影山は苦虫《にがむし》を噛《か》み潰《つぶ》したような渋《しぶ》い顔に変わり、吐《は》き捨《す》てた。

「へたくそ」

ついさっきまでの謙虚な影山選手はどこへ？

「……日向選手は、本格的にバレーを始めたのは高校からだと聞きましたが」

「中学の試合では、俺が勝った」

なぜドヤ顔。というか、意外と表情豊か。

影山選手、べつに中学の話がイヤってわけではないのかな。よくわからないけど、とにかくインタビューしにくい相手だということはわかった。でも、続けるしかない！　と心を決めて、あかねは例の選手のことを訊ねる。

「先ほど牛島選手から、影山選手の先輩としてアルゼンチン……及川選手の話題が出たのですが、及川選手は青葉城西高校の選手ですから、先輩後輩の間柄《あいだがら》というと……」

「及川さんは、中学の先輩です」

ですよね。中学か、また微妙な空気になったらどうしよう……、との心配は杞憂《きゆう》に終わり、影山は今度は案外普通に答えるのだった。

「チームの力を最大限に引き出すセッターです。あとサーブがすごい。参考にさせてもらいました」

やっぱり及川選手、気になる……！　と、あかねは謎《なぞ》の選手、及川徹《とおる》の取材を胸に誓《ちか》うのだった。

CA《クラブアトレチコ》　サンファン　アルゼンチンリーグ　S《セッター》　及川徹《おいかわとおる》

取材依頼への返信　メールにて

影山経由で教わった及川選手の連絡先に、あかねはさっそく取材依頼メールを送った。
が、ひと晩経《た》って届いた返事は、以下のとおりだった。

拝啓　山本あかね殿《どの》

¡Hola!《こんにちは》　丁重《ていちょう》な依頼メールありがとう！　でも他の奴らと同じ扱いならお断《ことわ》りさせていただきます。単独表紙、単独特集が決まった暁《あかつき》にはまたご連絡ください。

Un saludo,《敬具》

Toru Oikawa

「なに、これ……。ど、どういう人なの、及川選手……」

お笑い芸人・飲食店アルバイト　福永招平《ふくながしょうへい》
取材依頼への返信　メールにて

「あ、福永《ふくなが》くんからも返事……」

とメールを開くと、たったひと言。

その鶏肉《とりにく》、取りにくい。

「なにこれ、わかんないっ!!」

VC神奈川《かながわ》（神奈川県）　Vリーグ Division《ディヴィジョン》 1　OH《アウトサイドヒッター》　山本猛虎《やまもとたけとら》
神奈川県内　選手寮にて

練習を終えて寮に戻った山本猛虎《たけとら》は、タオルやTシャツなどの洗濯物をバッグから取り出しつつ、まず風呂に入るかそれとも食堂に行くか、ぼんやりと考えていた。

「風呂にするか」

着替えを手にしたところで、携帯が鳴る。妹のあかねからだ。

「なんだ？」

電話に出ると、電話の向こうの妹はすっかり泣き声である。

「お兄ちゃあん……！」

「な、なんだよ突然、なんかあったのか？　大丈夫か？　家にいるんじゃないのか？」

妹からの突然の電話、そして気が強く元気な妹のめずらしく力ない声に、兄は持っていた洗濯物を放り出して電話を握り直す。

「おい、大丈夫なのか?」

「なんかもう、みんな何を言ってるか、わかんなくてっ……!」

妹のくしゃくしゃの顔が目の前にあるようで、広くはない部屋の中をぐるぐると歩きまわることしかできないのがもどかしい。

「みんなって誰だよ?」

「及川さんはいいの、わかった、わかんないけどわかった。面倒《めんどう》くさい人なんだと思う。でもね……」

「待てよ、誰だよ、及川って……」

まさか彼氏……とか? まさかな! まさかそんなわけないよな! と思ったところで、次に知った名前が聞こえてくる。

「ねえ、福永くんはどうしちゃったの??」

「福永って、福永か? いったい何の話なんだよ? 初めから、初めっから説明しろよ!」

根気よく訊けば、これまで頼りなく小さかった声が、とつぜん逆ギレ的に力を取り戻す。

「だから！　取材させてほしいって音駒《ねこま》のみんなにメールしたら、福永くんからの返事が『その鶏肉、取りにくい。』って。それだけなの！　なんで鶏肉なの？　その、って、どの？　鶏肉が？　取りにくいの？　どこにあるの⁉」

「なんだ、取材のことか」

妖怪世代《モンスタージエネレーション》の取材に関しては、妹から何度も相談を受けていた。このあいだもバレーボール協会に務《つと》める黒尾が協力してくれることになった、と嬉しそうに連絡してきたばかりだった。

「福永だろ？　きっとバイトとネタ作りでいっぱいいっぱいの時期なんじゃね？」

「……そ、そういう意味なの？　お兄ちゃん、なんでわかるの？」

妹の声が落ち着いてくる。

「たぶんだけどさ。きっとそんな感じだろ。大事な時期っぽいし、また次の機会にしてやれよ」

「このメールの意味がわかるなんて、さすが元チームメイト……」

「お前さ、……そんなことより、〝妖怪世代《モンスタージェネレーション》〟の取材してるなら俺にも話を聞けよ」

猛虎がそう言った途端、これまでぐずぐずしていたあかねの声がスッと素《す》に戻った。

「お兄ちゃんは自分が〝妖怪世代《モンスタージェネレーション》〟だと思っているの？」

「なんだよ！　日本代表とかは、そりゃちょっと今はまだ難しいかもしれないけど、世代は世代だろ‼　世代って……世代って、世代だよな⁉　俺だって……待て、わかるぞ！　お前、今、あの怖い顔をしているな⁉　やめろ！　その顔をやめろ！」

大学生・株式トレーダー・プロゲーマー・YouTuber・株式会社Bouncing《バウンシング》 Ball《ボール》代表取締役
孤爪研磨《こづめけんま》／KODZUKEN《コヅケン》
都内　自宅兼事務所にて

「いらっしゃい」

玄関から孤爪研磨《こづめけんま》が顔を出す。

「お邪魔します！」

頭を下げたあかねの後ろから、「これ、手土産《てみやげ》。栗羊羹《くりようかん》」と、黒尾が老舗《しにせ》和菓子店の紙袋を差し出した。

「ふーん、ありがと」

「あの、ごめんなさい、私、何も持ってきてなくて……！」

ソツのない黒尾の後ろにささっと隠れて恐縮するあかねに「いいよ、そんなのべつに」と興味なさそうに応えて、孤爪はふたりを招き入れた。

「入って」


三人は居間のテーブルを囲み、羊羹とお茶を前に喋りはじめる。取材というよりは団欒《だんらん》という言葉の似合う、ほのぼのとした空気であった。

「どう、うまく進んでる？　取材」

孤爪に訊かれて、あかねの顔が曇《くも》る。

「んんん……。最初、牛島選手に話を聞いたときは手応えを感じたんだけど、影山選手のインタビューはうまくいったとは言えないし、及川選手からは取材拒否されたし……」

黒文字で羊羹をつつきながらモゴモゴと応えるあかねを、孤爪は気の毒そうに見やった。

「まあ、影山だしね。気長にやったらいいんじゃないの。締めきりがあるわけでもないんだし」

「でも、〝現在進行形〟のことだから！　次のオリンピックまでにはまとめたいし……。だって絶対、次の日本代表は妖怪世代《モンスタージェネレーション》が中心になってくるよね？」

と黒尾を見ると、バレーボール協会の人間はニヤニヤとはぐらかす。

「ボクの口からは言えません」

「……食えない奴」

孤爪がお茶をすすり、指折り数える。

「牛島と影山、ってことはアドラーズには取材してて……、ブラックジャッカルは？」

「お給料が入るまで関西行きは難しくて。最近の試合は九州のほうとかだったし」

小さな肩をすくめるあかねを見て、黒尾が笑う。

「インターンの企画に、ポンと取材費・交通費が出るわけもないか」

「でも、試合の取材についていけるときに、いろんな人たちに会えたらとは思っていて。あと、領収書を取っておいて、経費にして来年確定申告をすれば……って柄長さんに言われたんだけど、まだオカネの勉強できてなくて……。ガンバリマス……」

「いい税理士紹介しようか？」

孤爪の言葉に、あかねが訊き返す。

「ぜ、ぜいりし？」

「今はそれ以前の問題だね。まずは、ちゃんと発表できるように書きあげることから」

黒尾の妥当《だとう》な指摘に、あかねは「ガンバリマス」と返すしかない。

そうだった。私は書きあげなくちゃいけない。取材をするのが目的になっちゃいけないんだ。みんなから話を聞いて、そこから自分なりの〝妖怪世代《モンスタージェネレーション》〟に対する答えを見つけることが大切なんだ。

まだ、その取材すらきちんとできていないのが問題なんだけど……。

もしかして、この企画、私が思ってたよりもっともっと大変？

思わずぞくりとしていると、孤爪が言った。

「じゃあさ、まずは都内で、梟谷《ふくろうだに》とか梟谷グループの人たちに会ってみたらいいんじゃない？」

「まずは行けるとこからだな」

黒尾も頷く。

「それって、合同合宿の、だよね？」

その合宿なら、あかねも知っていた。兄の猛虎が夏休みや週末に家を空《あ》けていたことを覚えている。自分も行ってみたいと駄々《だだ》をこねたことも。

「うん。烏野も宮城から来てたし、木兎《ぼくと》サンもいるし、妖怪世代《モンスタージェネレーション》のストーリーを追うなら合宿のエピソードは押さえておいたほうがいいと思う」

孤爪の提案に、黒尾が満足そうに笑った。

「YouTuber的製作者視点、頼りになりますな」

「うるさい」

黒尾に梟谷関係者への連絡をつけてもらうことが決まると、あかねはやっと今日のもうひとつの目的に移った。

「あの、今さらだけど、いいですか?」とレコーダーを回し、孤爪に訊く。

「研磨くんはどうして日向選手のスポンサーになってたの?」

「え、面白そうだったから」

その答えに、黒尾が苦笑する。

「他人の人生はコンテンツじゃありません」

「いいじゃん、サポートしてたんだから」

と、孤爪はふてくされてお茶に手を伸ばした。黒尾は冗談で言ったのだろうが、それでもあかねは気にせずにはいられない。

「私の取材も、他人の人生をコンテンツにしてることになるのかな……」

「なにを今さら。こいつなんて、自分がコンテンツなんだから」

孤爪を指差して、黒尾が笑う。

「なにが悪いのさ」

そう言い返したあと、孤爪はじっとあかねを見た。

「取材、面白いものにしてよね。楽しみにしてる」

「……は、ハイッ！」

面白いもの、か。

みんな、すごいプレッシャーかけてくるな。日向選手も、ブラジルでこんなプレッシャーを感じてたんだろうか……。

再《ふた》び、ぞくりと震えが走る。

やっぱりこの取材、ものすごく大変なのかもしれない。でも、やるって決めたんだから、絶対、期待に応えなきゃ！

気合いを入れ直したあかねに、孤爪が訊いた。

「ねえ、普通さ、ここにトラがいてしかるべきじゃない？」

その言葉に、あかねは悪びれることなく笑うのだった。

「お兄ちゃんなら、もっとカッコいいプレイヤーになってから、しっかり独占密着インタビューさせてもらうんで！」

男子ふたりが顔を見合わせる。

「頼もしい妹ですな」

「シビアすぎ……」

製薬会社営業（東京《とうきょう》）・エーアガイツ製薬バレーボール部（社会人チーム）

OH《アウトサイドヒッター》　木葉《このは》秋紀《あきのり》

区役所職員（東京）　猿杙《さるくい》大和《やまと》

役者（東京）　小見《こみ》春樹《はるき》

都内　スポーツバーにて

「俺ビール」

「俺もビール、お前もビールな」

「え、俺もビール？　ま、いいけど」

今日の取材は梟谷ＯＢの三人だった。高校時代の木兎光太郎《こうたろう》選手、鷲尾辰生《わしおたつき》選手の話を聞きたいのだが、取材前から早くも飲み会ノリになりつつある三人を見て、少々不安になるあかねなのだった。

「私はジンジャーエールでお願いします。それで、今日はですね……」

取材趣旨《しゅし》の説明とともに山本猛虎の妹だと自己紹介すると、それまで「取材」と気負《きお》っていただろう三人の空気が変わり、一気に打ち解けた感じがした。お兄ちゃんありがとう。

仕事終わりに職場から駆けつけた木葉秋紀《このはあきのり》が、メニューを片手に笑う。

「そっかそっか、あのモヒカンの妹がこんなに可愛《かわい》かったとはね」

「似てるといえば似てるけどな」

と笑う猿杙大和《さるくいやまと》も、同じく仕事帰りのスーツ姿だ。

「まあ、今日は山本の妹っていうか、ライターさんってことで。だよね」

現在役者をやっていると言う小見春樹《こみはるき》の言葉に、あかねは頭を下げる。

「はい！　ふつつかものではありますが、よろしくお願いします！」

そしてビールとジンジャーエールで乾杯したあと、一気に半分ほど減ったジョッキを置いて木葉がきり出した。

「で、木兎のことでしょ？　とにかくまあ、近くで見てたほうが面白い男だよな。テレビは大きいほうがいい、みたいな」

「そのたとえ、ぜんぜんわかんない」

と、小見がポテトをつまむ。

「そう？　うまいこと言ったつもりだったのに」

「その言ってやった感が鼻につく、みたいな？」

「言うねー」

苦笑した木葉が枝豆に手を伸ばすと、小見はフォローするように頷いた。

「まあ近くで見たほうが面白いっていうのは確かだね。そのぶん厄介事《やっかいごと》も多くなるけど」

「だろ？　でもまあ、メリットとデメリットを秤《はかり》にかけたら、ギリでメリットのほうが多いかな、っていう。怖いもの見たさみたいな感じで、ちょっと側《そば》に寄って、気づかれたら逃げるくらいの距離が一番」

そう言いながらひょいひょいと枝豆を口に入れる木葉の隣で、猿杙が「ピンポンダッシュか」と笑う。

ポンポンと話の弾《はず》む同級生の輪へ入っていくのはなかなか難しい。あかねはやっとのことで言葉を挟んだ。

「あの！　厄介って、具体的にどういうことがあったんですか？」

三人はちょっと顔を見合わせる。そしてまず木葉が口を開いた。

「クロスの打ち方を忘れる、とか？　試合中に」

あかねが身を乗り出す。

「あの、それって、音駒戦ですよね！　春高予選の！」

「あ、見てた？」

「そりゃ見てたでしょ」

猿杙はビールをひと口飲んでからあかねを見て笑った。

「音駒の試合のときいっつもいたし、でっかいメガホン持ってさ。音駒高校バレー部応援団長の山本サンだよ？」

「そ、そのセッはお騒がせいたしました……」

あかねはカーッと顔を赤らめつつ、訊く。

「その、試合中にクロスが打てなくなるって、チームではどうフォローするんでしょう」

三人は再び顔を見合わせた。そして口々に呟《つぶや》く。

「え、放っとく、かな？」

「赤葦《あかあし》に任《まか》せる？」

「まあ、木兎ナシならナシでなんとかするかー、っていう」

木兎も木兎でマイペースだが、チームメイトたちも大概《たいがい》マイペースだったらしい。もちろんチーム自体の地力《じりき》があってこその話である。

「今の木兎選手の活躍を見ていると不思議ですが、当時の梟谷は、木兎さんがエースとして引っ張っていくというよりは、皆さんで木兎さんを引っ張っていくようなチームでしたよね」

梟谷の強さの秘訣《ひけつ》を訊き出そうとするも、すっかり酔いの回ってきた三人の話はどんどん脱線していくのだった。

「なんかそれって、神輿《みこし》っぽくない？」

「担《かつ》ぎたくないわー、木兎。ぜったい暴れるだろ、あいつ」

「あ、うちの町の神輿すごいよ？」

「え、なにそれ、どんな？」

お祭りエピソードが盛りあがっていく。私の仕切りが下手《へた》だから……と落ちこむ気持ちを振り払い、あかねはインタビューを続けようと試みる。

「あのっ、お話中すみません！　合同合宿のエピソードをお聞きしたいんですが！」

「合同合宿？」

神輿の話を止めて、木葉がポテトにケチャップをつけた。その隣で、猿杙がジョッキを片手に笑う。

「合同合宿って、木兎が他校の後輩にイヤがられるやつでしょ」

「休ませないからなー、木兎」

小見もビールを飲み干して苦笑する。

「合宿は、そんなに練習量が多かったんですか？」

あかねが訊くと、「いやいや」と木葉がポテトを口に放って言った。

「練習後の自主練がさ」

そして三人は口々に合宿の思い出話を始めるのだった。

「俺らはさっさと逃げるからな」

「逃げられない他校の後輩が捕《つか》まる」

「赤葦も」

「赤葦は逃げてないだろ、あいつもあいつでちょっとおかしいんだよ」

「烏野のチビちゃんとかな」

「あいつこそ、逃げるどころか自分から寄っていってただろ」

「やっぱ、ああいうおかしい奴らがプロになるんだなー」

「プロは全員おかしいってこと？　鷲尾とかべつにああいうおかしさはないだろ？」

聞き役に徹していたあかねが、そこでやっと口を挟む。

「EJP RAIJIN《ライジン》の鷲尾選手ですね！」

そして用意してきた、彼らが3年生のときの春高パンフレットを三人の前に出した。今、〝妖怪世代《モンスタージェネレーション》〟と呼ばれる選手たちが揃《そろ》った奇跡の年だ。何度も見返してボロボロになっていたが、三人は気にする様子《ようす》もなく梟谷のページを指差し、ゲラゲラと笑いあう。

「そうそう、木兎がしょぼくれても安心していられたのは、正直言って鷲尾のおかげです」

「俺のおかげって言えよ！」

「いいよ？　言おうか？」

「いや、やっぱよしてくれる？」

彼らを眺《なが》めながら、梟谷はいいチームだったのだろう、と改めて思う。外から見ていた空気そのままに。あの年は惜しくも決勝戦で敗《やぶ》れ、全国制覇《せいは》は果《は》たせなかったけれど――。

ユニフォーム姿の集合写真を見ながら、誰かが呟いた。誰だったろう。

「まあ、自慢のエースだよ」

そして三人は「今ここにいないから言える」「聞いたら調子に乗るからな」と笑いあって、ビールのお代わりを注文するのだった。

「ビールお願いしまーす！　あ、お前もビールな。ビールふたつで！」

「ビールか、まあいいけど」

「あいつのおかげで、いい高校生活だったな」

「あいつのせいで、大変だったけどな」

「まあ、あいつのおかげで、まだ当分楽しめるわ」

「それな」

MSBY《ムスビイ》ブラックジャッカル（大阪《おおさか》府　東大阪《ひがしおおさか》市）　Vリーグ Division《ディヴィジョン》 1
OH《アウトサイドヒッター》　木兎《ぼくと》光太郎《こうたろう》
試合後　都内　区立体育館控え室にて

「高校の奴らにも話聞いたんでしょ？　なんて言ってた？」

控え室に入ってきた木兎は、あかねの姿を認めると逆に質問してきた。

「試合、いつも楽しみに見てるそうです！」

「そうか！」

「はい、それではインタビューをよろしくお願いします！」

満足そうな木兎を前に、あかねはレコーダーのスイッチを入れた。手には質問票を握りしめている。

前回の梟谷ＯＢの取材では、自然な会話の中から梟谷の雰囲気を知れたら……と思っていたら見事にただの飲み会になってしまったことを反省して、今回はしっかりと質問を用意してきたのだ。

「本日は、高校時代のお話を聞かせていただきたく伺《うかが》いました。現在、妖怪世代《モンスタージェネレーション》と呼ばれている選手たちが揃った、木兎選手が3年生のときの春高を中心に取材しています」

「どうぞ、なんでも訊いて」

木兎の打ち解けた雰囲気に、影山の取材のようにはならなそうだと安心して、あかねは質問を読みあげた。

「当時から全国でも五本の指に入る選手と言われていた木兎選手ですが、今は名実ともに唯一無二《ゆいいつむに》の選手と言えるかと思います」

「うん」

「先日の梟谷チームメイトの皆さんも、高校時代はムラがあったのに――とおっしゃっていましたが、今はどのようにメンタル面を保《たも》っているんでしょう」

ふんふんと頷いて興味深そうに聞いていた木兎が、胸を張る。

「俺は、もはや普通のエースだから」

が、あかねにはよくわからない。

「普通の、ですか?」

「もう、助けてもらわなくても大丈夫!」

「……そうですか」

「ただのエースになった!」

どうしよう、めちゃくちゃ聞いてほしそうな顔で見てくるけど、まったく意味がわからない!

焦《あせ》るあかねに気づいたのか、木兎は親切にも自《みずか》ら説明してくれる。

「エースにはエースの心得《こころえ》が三つあってね」

「はい」

「それら三つを会《え》得《とく》すると、普通のエースになれる」

「……どうやって会得したんでしょう」

諦《あきら》めずに食らいついたあかねを真《ま》っ直《す》ぐにじっと見据えて、木兎は答えた。

「普通のエースであろう、と思ったからな」

知りたいところになると、よくわからなくなってしまう。難しいなあ、インタビュー。柄長さんとか、いつもどうしてるんだろう。

一流のスポーツライターになれるかどうかはわからないけど、せめて駆け出しスポーツライターから普通のスポーツライターになれるように頑張《がんば》りたい……。あれ、普通って、もしかしてそういうことかな。でも、木兎選手って、普通っていうか超一流なのでは？

首をひねりつつ、あかねは次の質問に移る。

「梟谷学園グループでの合同合宿についてお聞きしたいのですが、合宿で一番印象に残ってることはなんでしょう」

「バーベキュー」

これは私の聞き方が悪かった。

「チームメイトの方々は、練習後の自主練がハードだったと言っていましたが」

木兎はきょとんとして聞き返す。

「つき合ってくれなかったのに、ハードだったとは？」

「……きっと、ハードだったからつき合えなかったんですね。烏野の日向選手は毎回自主練に参加していたと聞きましたが」

「うん、チビちゃん。あと黒尾とかツッキーもブロック飛んでくれて」

「ツッキー？」

「知らない？　烏野の」

烏野の、ブロック。月島《つきしま》選手……だからツッキーか。と頭の中でまとめつつ、訊く。

「烏野はその年、常勝校の白鳥沢を制して全国へ勝ちあがってきたわけですが、日向選手も月島選手も、合宿で木兎選手をはじめ全国レベルの選手と交流できたことは大きかったでしょうね」

「必殺技《わざ》を伝授してやったり、青少年の悩みを聞いてやったりしたからな！」

そしてまた、聞いてほしそうな顔でじっと見てくる。

「必殺技とは？」

「……秘技、静と動」

静かに微笑《ほほえ》む木兎に、あかねは訊く。

「それは、もしやフェイント的なものですか？」

「そのとおり」

案外素《す》直《なお》に頷くと、木兎は自慢げな顔を見せた。

「ウチの日向翔陽くんは、俺の一番弟子だからな！」

「梟谷の後輩じゃなくて、烏野に一番弟子がいるんですね」

あかねの言葉に、木兎が目を見開いた。

「なぜだ⁉」

「……なぜでしょうか」

答えられずにいると、木兎は突然顔を輝かせて言ったのだった。

「きっと、赤葦ならわかる！」

週刊少年ヴァーイ編集部　赤葦《あかあし》京治《けいじ》
編集部近くの喫茶店にて

ちりんと鳴った鈴《すず》の音《ね》で入ってきた赤葦に気づき、あかねは立ち上がって手を挙《あ》げた。

「ここです！」

赤葦は疲れた顔でスマホをポケットにしまうと、軽く頭を下げる。

「お待たせしてすみません、出がけに着信があったもので」

「お忙しいところ恐れ入ります！」

「いえ、すみません」

そして赤葦はウエイターにコーヒーを注文すると、確認してきた。

「ご用件は梟谷学園グループの合同合宿について、ですよね？」

「はい。木兎選手に取材をした際、赤葦さんにも聞くといいと言われて。信頼されてるんですね」

「わかることでしたら、お答えします」

静かに応える赤葦を見て、あかねはうちの編集部の人たちと雰囲気が違うな、と思う。少年漫画を作ってる人たちって、意外とこういう落ち着いた人が多いのかな、思ってた感じと違うな、などとも思う。そして、懸念《けねん》の問題についてきり出す。

「恥ずかしながら、ちょっと教えていただきたいんですが……」

「なんでしょうか」

「木兎選手の言う〝普通〟って、どういうニュアンスなんでしょう」

「…………」

もともと疲れた感じだった赤葦の表情が、さらに曇った気がした。しかし、あかねは続ける。突っこんで聞くことができなかった――という前回の反省を踏まえての踏ん張りである。

「あの、エースの心得が三つあるとか。私、まだ勉強不足で、いろいろ本を読んでみたんですが、それぞれ書いてあることが違ってて、三つとなるとポイントが……」

「……Tシャツです」

「え？」

赤葦はテーブルに置かれたコーヒーに手を伸ばすと、静かに繰り返した。

「Tシャツです。どんな本を読んでも書いてありません。木兎さんが高校時代に好んで着ていたTシャツに、〝エースの心得〟という文言《もんごん》がプリントされてあったんです。春高で買っていたんですが」

あー、売ってる。売ってた、そういうTシャツ。Tシャツのプリントまで覚えてなくちゃいけないとは、スポーツジャーナリストの道はなかなか険《けわ》しい。

反省するあかねの前で赤葦が続ける。

「――一つ、背中で味方を鼓舞《こぶ》するべし。一つ、どんな壁でも打《う》ち砕《くだ》くべし。一つ、全《すべ》てのボールを打ち切るべし」

すらすらと暗唱する姿に「よく覚えてますね」と感心すると、赤葦は喜ぶ様子もなく、淡々《たんたん》と答える。

「よく着てましたから、目が勝手に覚えました」

「でも、それ、まさに木兎選手のことですよね！」

「はい。その心得を会得して〝普通のエース〟になったんでしょう」

それまで疲れた顔をしていた赤葦が、ちょっと笑った。

「ありがとうございます！　勉強になりました！　それでは、梟谷学園グループの合同合宿についてお伺《うかが》いしたいんですが」

ざっくりとした問いかけだったが、赤葦の答えは的確だった。

「合宿……。そうですね、学校の垣根を超えて、ライバルでありながらも助けあう、というようなフラットな気風があったと思います」

「木兎選手も、烏野の日向選手のことを一番弟子だと」

「烏野は参加当初、まだチームとして出来上がっていないところがあって、それもあって、弟子……というような間柄になったのかもしれません。木兎さんが勝手に言っているだけではありますが」

赤葦の話を聞きながら、あかねは取材メモを確認した。

「梟谷、音駒、森然《しんぜん》、生川《うぶかわ》……。そうですね、梟谷が頭ひとつ抜けていたとは思いますが、実力の拮抗《きっこう》したこの四校だけだと、師匠《ししょう》と弟子というような間柄にはならないかもしれないですね」

「そういう点では、まだ未熟だった烏野が入ったことで合宿自体の空気が変わった感じはあったかもしれません。チームとしては未熟だったとはいえ、選手ひとりひとりの実力は、あの烏野の面子《めんつ》だったわけですし、もちろん僕たちも大いに勉強させてもらいましたが」

と眼鏡《めがね》を直す赤葦を見て、あかねは感動に身を震わせるのだった。

打てば響く……！　ちゃんと話が通じるって、気持ちいい……！

興奮したあかねが続けて訊く。

「合宿では、とくに練習後の自主練で他校との交流があったと聞きました」

「そうですね、自主練までする部員は多くはありませんでしたから、自然といろんな学校が入《い》り混《ま》じっての練習になりましたね。体力が残っている組、というか」

　そう言って、赤葦はコーヒーに口をつける。

「赤葦さんも毎回参加されていたとか」

「木兎さんの練習量は並ではなかったので、他校のセッターに負担をかけるわけには……」

「ははは……」

　そのときテーブルに置かれていたスマホが振動した。画面をちらりと見た赤葦が「ちょっと、すみません」とコーヒーを置き、電話に出る。

「はい。あ、すみません、今ちょっと。……はい、じゃあ送ってください。確認して折り返します、はい、待ってますので。……はい、失礼します」

　電話をきり、「すみません、作家さんからで」と頭を下げる。

「いえ大丈夫です。すみません、私のほうもうそろそろ……」

と言いかけたところで、再び着信があった。メールだろうか。赤葦は「すみません、ちょっと急ぎなもので」と言いながら、スマホの画面をスワイプする。

　あかねの目に入ってきたのは、ガシャガシャとした落書きのようなもので、もしかしたらこれが漫画の下書きなのかもしれない、と思う。でもこんなものを見て、何が描いてあるかわかるのだろうか。

覗《のぞ》く気もなく眺めていると、赤葦が息を飲むのがわかった。そして眼鏡を直し、画面とあかねの顔を交互に見ながら、興奮した面持《おもも》ちで呟く。

「あ、すいません……、あの、これは、いいです。これは……きっと面白くなる」

その口調にただならぬものを感じて、あかねは言った。

「あの！　私のほうはもう大丈夫です！　なので、そっちのほう、連絡してください！」

「……すみません、ありがとうございます」

赤葦はすぐに席を立って店を出た。かと思うと、テーブルに戻ってきて「払います」と伝票を取り、再び歩き去っていったのだった。

スポーツライター　柄《え》長《なが》二《ふ》三《み》

都内　月刊バリボー編集部にて

「明日、桐生八《きりゅうわかつ》選手の取材なんです」

来月号で使う写真をチェックしていた柄長を見つけて、あかねは話しかけた。

「あ、そうなんだ。今週末、グリーンロケッツはＶＣ神奈川戦だったね」

柄長は試合写真のサムネイルから目を離すと、傍《かたわら》にあったテイクアウトのカフェラテを手に取る。あかねは、まず仕事を中断させたことを謝《あやま》ってからきり出した。

「春高の狢坂《むじなざか》―梟谷戦のことを聞けたらと思っていて。でも、音駒―烏野戦の直後で外に出てて、私、録画でしか見ていないんです。柄長さん、何か印象に残っていることってありますか？」

突然訊かれた柄長は、記憶を整理するようにちょっと目を閉じた。そして、喋りだす。

「あの試合は、木兎選手が覚醒《かくせい》した感じがあったから覚えてる。まさにエース対決って感じで……。あ、試合前にエースのふたりが話してるのを見かけたんだった」

「桐生選手と木兎選手がですか？」

柄長はコーヒーを飲んで、頷く。

「なんだか仲よさそうに見えたのを覚えてる。これから試合なのに、和気あいあいとしていて……」

東京と九州、距離はあってもどちらも全国常連の猛者《もさ》。選抜合宿とかで仲よくなったりしたのかもしれない。

「いいこと聞かせてもらいました！　明日、桐生選手に訊いてみます！」

Azuma Pharmacy《アズマファーマシー》グリーンロケッツ（長崎《ながさき》県佐世保《させぼ》市）　Vリーグ Division《ディヴィジョン》 1
OH《アウトサイドヒッター》　桐生八《きりゅうわかつ》
試合前夜　神奈川《かながわ》県内宿泊ホテルロビーにて

「移動でお疲れのところ、お時間いただいてありがとうございます」

「いえ、大丈夫です」

「今回は、『妖怪世代《モンスタージェネレーション》を追う！』ということで、妖怪世代《モンスタージェネレーション》が集結した春高のことを中心にお訊きしたいと思っています。小耳に挟んだのですが、ブラックジャッカルの木兎選手とは高校時代から仲がよかったとか」

「いや、ほとんど話したことなかです」

「!!」

柄長さーん！　どういうことですかー!!

出鼻《でばな》をくじかれて崩《くず》れ落《お》ちそうになりつつ、あかねはなんとか気を取り直して取材を続けた。

「それは、失礼しました。えー、繰り返しになりますが、『妖怪世代《モンスタージェネレーション》を追う！』ということで、妖怪世代《モンスタージェネレーション》が集結した春高のことを中心にお聞かせいただきたいと思います。さほど交流がなかったとのことですが、以前のインタビューでは注目している選手に木兎選手を挙げていらっしゃいましたよね」

桐生がこくりと頷き、あかねは内心ホッとして続けた。

「おふたりは高校3年の春高、準々決勝で対戦していますが、桐生選手は中学時代から最優秀選手に選ばれ、高校時代も全校三大エースと言われた注目の選手。木兎選手も桐生選手、牛島選手、佐久早《さくさ》選手に次ぐエースとして注目されていましたから、狢坂―梟谷戦は優勝候補同士の……」

と、桐生の目が、どこかあらぬところを見ていることに、あかねは気づいた。

「あの、どうしました？」

「……あ、いや、なんでもなかです。続けてください」

怪訝《けげん》に思いながらも、あかねは促《うなが》されるままに話を続けた。

「優勝候補同士の注目カードとして、準々決勝は……」

と言いかけたところで、桐生がソファから立ち上がった。そしていぶかしげな顔で言う。

「……さっきから、なにちょろちょろしよん」

「えっ、私……ですか⁉　違う？　え、後ろ？」

あわてて振り返れば、あかねたちがいるロビーの奥、エレベーターホールの陰《かげ》からグリーンロケッツの選手がひとり、ひょこっと顔を出してこちらを覗いているのが見えた。

「……五色《ごしき》選手？」

その特徴的なおかっぱ頭は、五色工《つとむ》以外に思い当たらない。どうやらさっきからずっと、あかねの後ろを行ったり来たりウロウロしていたらしい。もしかしたら、取材を受けたいのだろうか……と、あかねは声をかけてみた。

「あの、五色選手！〝妖怪世代《モンスタージェネレーション》〟の取材ですので、もちろん五色選手にもお話を伺いたいと思っています。今日は到着が遅かったので、おひとりだけとチームのほうから……」

「いや、僕はべつにインタビューとか」

などと言いつつ、五色は前髪を直しながらあきらかにソワソワと近づいてくる。これは、簡単に話を聞いたほうがいいのかもしれない……と、あかねはきり出した。

「今は、桐生選手に春高出場時のエピソードをお聞きしていて……」

「……えっ、春高⁉　いや、俺、そろそろ風呂に行かないと……時間が……じゃ！」

五色はなぜかそそくさと遠ざかり、そのままエレベーターに乗って去ってしまったのだった。

「…………？」

ぽかんと見送るあかねに、桐生が言う。

「あいつ、春高出たことないとです。そんなのただの巡《めぐ》り合《あ》わせにすぎんけん、気にすることなかと思っちょるとですが」

「！」

取材ノートをめくる。

五色選手の出身校は、宮城県の強豪白鳥沢だ。

「……そうか！　五色選手の代だと、春高は三年間、毎年烏野が……」

桐生が頷く。

「高校の三年は、長いバレーボール人生の中の、たった三年にすぎん。……されど、大事な三年です」

あかねは、五色のことはとりあえず置いておいて、目の前の桐生に意識を集中させた。

何か、大事な話が聞けそうな予感がしたのだ。

「梟谷との試合は、高校三年間の集大成ともいえる試合でしたね」

ペンを持ち直して訊くと、桐生は言った。

「試合には負けましたが、高校の最後に木兎と戦えてよかったと思っちょります」

「何か得られるものがありましたか？」

しかし、桐生はそれには答えなかった。

「……借りを、返さんとな」

「借り、ですか？」

訊き返すと、桐生はめずらしくちょっと笑った気がした。どうだろう、気のせいだろうか。

「これからも木兎選手とは対戦が続きますから、チャンスは何度でもありますね」

「そうですね」

これまで以上にグリーンロケッツ対ブラックジャッカル戦を注視していこう——と思いながら、あかねは続ける。

「桐生選手と木兎選手は、とても似たタイプのプレイヤーだと思いますが、おふたりは……」

と、とつぜん桐生が調子外《はず》れな声を出した。

「は⁉」

「えっ⁉」

あかねの肩がビクッと震える。

えっ、私、何かおかしなことを言ったかな？　だって、ふたりともチームの要《かなめ》となる大エースで、ここぞというときにボールを託《たく》されて……。考えが浅かった？　なんか気を悪くさせちゃったかな……。あかねは内心ビクビクしながら、極力それを顔に出さないよう気をつけて続けた。

「いえ、いつでもどんなボールでも打ちきる強さというか、エース像といいますか……」

「……そうですか、そう見えちょりますか」

そう言って、桐生はなぜか声をあげて笑ったのだった。

造園業・樹木医《じゅもくい》　海信行《かいのぶゆき》

保育士　犬岡走《いぬおかそう》
都内　緑道にて

「高校時代のこと？」

作業着姿で、片手にヘルメットを持った海信行《かいのぶゆき》が振り返る。

「はい、妖怪世代《モンスタージェネレーション》の強さの秘密に迫りたいと思ってます！」

ノートとペンを持って追いかけてくるあかねを見て、海は小さく笑った。

「俺は、そんなモンスターとは違うよ」

冬が近いとはいえ暖かく晴れた午後で、緑道は散歩をする老人たち、そして近くにテイクアウトの店でもあるのかベンチでパンとコーヒーのランチをとる女性グループで賑《にぎ》わっていた。

「でも、同じコートにいました！」

「いたね」

「その、同じ場所から見えていた景色というか、空気というか、そういうものがわかればと」

粘《ねば》るあかねを前にして、海は困ったように笑った。

「難しいね」

「いえ、あの、バレー部時代の思い出とかでいいので！」

「聞きたいことにうまく答えられるかわからないけど……」

と言って、海はしばらく黙って歩き続けた。そのあとを、あかねは黙ってついて歩く。

日差しは暖かく、それでいて風は冷たく心地よく、外を歩くのにはうってつけの日だった。

植えこみの陰で野良猫の走る影が見えたとき、海が口を開いた。

「部活では、限界までやりきる、っていうのがどういうことなのかを知れたのがよかったと思う」

「限界、ですか」

「頭も体も、自分のキャパシティのギリギリまで使えたと思う。やり残したことがあるだとか、もっとできたはず、という思いはないね」

「やりきった、と」

「そうだね。みんな高校時代に適材適所でやりきったから、今も好きなことを好きにやれてるんじゃないかな。バレーを続けてる奴も、ゲームをやってる奴も、子どもと……。あ、ここか」

海が足を止めたのは、保育園の前だった。

門や柵《さく》に動物の可愛いイラストが描いてある。中へ入っていく海に続くと、子どもたちの甲高《かんだか》い声がワッと押し寄せてきた。海は「これか」と、園庭の隅《すみ》にある木に触《ふ》れた。

「この間、犬岡《いぬおか》から連絡があって。去年に比《くら》べて花が咲かなかった桜があって心配だ、って。もっと早く言ってくれるとよかったんだけど」

「あ、これ桜なのか……」

あかねは目の前の木を見上げた。赤く色づいた葉が落ちてくる。確かに桜餅《さくらもち》の葉っぱと同じ形だと思う。

「咲いてないと、わからないかもね」

と海がヘルメットをかぶったとき、建物のほうから声がした。

「海さーん!!」

水色のエプロンをつけた犬岡走《そう》が、ベランダから駆け寄ってくる。

「その桜です！　すぐわかりました？」

「うん、あそこの枝、切った？　あっちも」

「去年、毛虫が大量発生して！」

「ああ、それかな。夏に剪定《せんてい》すると花芽《はなめ》がね」

と、海は木槌《きづち》を取り出して幹《みき》を叩いた。それからしゃがんで地面を触《さわ》る。

「あと、酸欠《さんけつ》気味かもしれないから、冬のあいだに少しずつ耕《たがや》していこうか。長い目で見ていこう。子どもさんが地面を踏み固めないように、周りに柵でも作れないかな」

「危なくないヤツ作んないとなー」

などと話しているあいだにも、犬岡の周りには子どもが何人もまとわりついてきて、その数はみるみる増《ふ》えていく。

「しらないひとー」「だれー！」と騒ぐ子どもたちを集めて座らせ、犬岡は説明する。

「みんなは怪我《けが》や病気をしたとき、どこへ行きますか？」

「びょういん！」

「そうだね。木も怪我をしたり病気になることがあります。そのときに見てくれるのが、木のお医者さんです！」

「すごい！」「うそだ！」「あのトンカチでこわすんじゃない⁉」

口々に答える子どもたちを見回して、犬岡が笑う。

「あれで壊す？　あれは何に使うんだろうね？　それでは、お医者さんに説明してもらいましょう。海さん、おねがいします！」

「えっ、俺が？」

海はちょっと困ったように笑い、子どもたちの興味津々《しんしん》の顔に向きあう。

「じゃあ、ええと……、どうも、木のお医者さんです。この木槌は……木を叩いて音を聞くことで、中の様子を知るためのものです」

あかねは少し離れて、子どもたちに囲まれているふたりを見ていた。そして、海の言葉を繰り返してみるのだった。

「適材適所、か……」

シュヴァイデンアドラーズ　O《アウトサイドヒッター》H　星海光来《ほしうみこうらい》
長野《ながの》県　鴎台《かもめだい》高校にて

大学は冬休みになり、インターン先の編集部も年末年始の休みに入った。この休みを利用して、あかねは長野《ながの》県に足を伸ばすことにしたのだった。

地図を見ながら高台にある鴎台《かもめだい》高校まで上ってきたが、待ち合わせ相手の星海光来《ほしうみこうらい》はまだ来ていない。ホッとして校門の前で待とうとするも、そこには犬がいた。

正確には、大型犬一匹と、長身の男がひとり。見たところ１９０センチはありそうだ。犬ではなく、人間のほうが。彼らも待ち合わせなのだろうか、門の前で静かに立っている。犬も大人《おとな》しくいい子にしている。

あかねは一匹とひとりから少し離れた場所に立ち、たまにふかふかの犬に笑いかけたりしながら星海が来るのを待っていた。

　そして、彼はやってきた。

「悪い、遅れた」

　申し訳なさそうな素振《そぶ》りもなく、すたすたと近づいてくる星海にあかねは頭を下げる。

「星海選手、お休み中ありがとうございます！」

　そのぺこりと下げた頭の前を、犬と人がとてとてと歩いていくのが見えた。

「ん？」

　あかねが顔を上げると、犬を連れた男は星海の前に立っている。犬もぱたぱたと尻尾《しっぽ》を振っている。

「光来くーん、めちゃくちゃ寒かったんだけど」

「だから悪かったって言ってるだろ」

「思ってないこと言わないほうがいいよ、光来くん」

「思ってる！」

　白い息を吐いてなにやら言いあっているふたりに、あかねも駆け寄る。

「あの、星海選手のお知り合いですか？」

犬連れの男を睨《にら》んでいた星海が、あかねに視線を移した。

「聞きたいの、高校の話だよな？」

そう言って、昼神幸郎《ひるがみさちろう》を紹介するのだった。


「え、昼神選手のご兄弟なんですか？　……いや、そうか、そうですよね、確かにそうでした、鴎台の昼神選手ですよね、そうでした！　存じあげています！」

興奮するあかねに、昼神はニコニコと愛想《あいそ》よく挨拶をする。

「どうも、弟の幸郎です」

「年末のお忙しいときに、わざわざありがとうございます！」

「いえいえ、コタロウの散歩と、光来くんに会うついでなんで」

と、傍の犬を撫《な》でる。

「昼神選手……福郎《ふくろう》選手も、今、ご実家ですか？」

「そうですけど、兄は、この取材受けないと思いますよ」

笑顔の昼神から発せられた言葉に、あかねは背中にゾッと鳥肌《とりはだ》が立つのがわかった。誰かに失礼をしてしまったんだろうか。あいつの取材は受けるな、みたいな話が広がってたらどうしよう……。

青くなるあかねを見て、昼神が笑う。

「いや、常々《つねづね》『なにがモンジェネだ』ってぼやいているので」

「………⁉」

「なんて、冗談ですよ」

どこまで本気かわからない笑顔を見せる昼神の隣で、星海がしっかりと頷く。

「おそらく本当だな！」

そして三人は学校の敷地内に入り、バレー部が練習している体育館の外、コンクリートの階段に座って話しだしたのだった。

中の高校生たちが星海に気づいたら、きっと大騒ぎになるだろう。地元の先輩といった様子で普通に地べたに座っているが、彼は日本を代表するスター選手なのだから。今は犬に手を舐《な》めさせたりとリラックスしているが。

「烏野戦の話をお聞きしたいんです！」

近況を伝えあったり、コタロウにお手をさせたりと、慣れた場所ですっかりくつろいでいるふたりに、あかねはきり出した。

「先日のアドラーズ―ブラックジャッカル戦は、まさに小さな巨人の対決再び！　という感じで、本当に感動しました！」

鼻息荒いあかねに少々引きつつ、昼神は星海に向かって言った。

「やけにうまくなって戻ってきたよね。日向翔陽」

「ああ、今回はお互い万全《ばんぜん》のコンディションだった」

「春高の、魔の三日目で万全は難しいよね」

昼神の言葉に、あかねは鴎台対烏野戦のひとつ前の試合を思い出す。

「……あの日の準々決勝。烏野高校は、音駒高校とのフルセットの戦いのあとでした。粘りの音駒が烏野の攻撃を拾い続けて、本当に長いラリーが続いて……」

ぐっと拳を握ったあかねを犬が心配そうに覗きこみ、昼神が驚く。

「え、泣いてる?」

「なっ、泣いてません! えぇと、鴎台高校は……愛媛《えひめ》の高木山《たかぎやま》高校にストレートで勝利してからの準々決勝でしたね」

昼神があきれたような顔で言った。

「よく何も見ないですらすら出てくるね。烏野のことはよく覚えてるけど。相手の退場とかあったし、それに光来くん以外に〝よく飛ぶチビ〟がもうひとりいたのか、って。光来くんの存在がイレギュラーなんじゃなかったのか、ってさ」

「そうなんです! 妖怪世代《モンスタージェネレーション》って、異例なはずの小柄《こがら》な選手が多いんですよね!!」

身を乗り出したあかねに、星海が短く牽制《けんせい》する。

「大きいのもいるだろ2メートル超《2メートルごえ》」

「はい。でも大きな選手は、いつだって常にチームの中心にいるんです。だけど妖怪《モンスター》世代《ジェネレーション》は小柄な選手も中心で活躍している。しかもひとりじゃない。そこが違うと思うんです。星海選手、日向選手、そしてロシアリーグの夜久選手!」

あかねの熱弁に、昼神が冷静に応える。

「うまい選手ほど、チビに慣れてないものだからね」

「慣れ、ですか？」

「普通の強いチームには、大きくて有能な選手が集まるものだから。小さい選手はうまくても二軍だったり。地元の予選とかで小さい選手のいるチームと当たっても、普通はそんなに強くはない」

そして、星海の横顔を指差して言う。

「強いチビっていうのは、本来レアで、未知の存在だよね。ものすごくデカい奴が規格外なように、小さい奴も規格外なんだよ。どう向きあえばいいかわからない」

その昼神の指を払いのけた星海を見て、あかねは呟いた。

「規格外……」

星海も日向も夜久も、規格に足《た》りていないのではない。大きい選手たちと同じように、規格外の身体と未知の強さを持ちあわせているということなのか。いや、でも……。

考えこむあかねの前で、昼神が続ける。

「囲碁《いご》や将棋《しょうぎ》の若い棋士《きし》が、これまでにない未知の戦法を生み出す、みたいなことあるでしょ。よく知らないけど。そういう感じの見たことない強さ、初めて出会う強さ、ってやつなのかな、って」

あかねは頷き、言う。

「……そして、未知の脅威《きょうい》も、研究されつくして既知《きち》となる？」

「光来くんの強さは知れ渡っちゃったからねー」

楽しげに笑う昼神の隣で、星海がムッと口を尖《とが》らせた。

「もう、誰も俺をナメない」

そう言った星海の手に、コタロウが鼻を擦《こす》りつけ、軽く舐める。

「うお！」

飛びすさる星海を見て、あかねが笑った。

「人懐《ひとなつ》っこいんですね。撫でてもいいですか？」

昼神はにっこりと笑う。

「あ、コタロウ、知らない人苦手《にがて》なんでやめたほうがいいかも。昔、公園で子どもにつかまれてから……」

「す、すみません！」

大きな目をさらにカッと見開いて飛《と》び退《の》いたあかねを見てクスクス笑いながら、昼神はコタロウのリードを持ち直して立ち上がった。

「山本さん、東京から来たんでしょ。せっかくだしおやきでも食べてく？」

「おやきですか！」

「蒸《む》したのと焼いたのどっちがいい？」

「えっ、種類があるんですか⁉」

「光来くんは？」

「野沢菜《のざわな》が入っていればどっちでもいい」

「じゃあせっかくだし、囲炉裏《いろり》で焼く系とかにする？」

魅力的な提案に、あかねの心が決まる。

「それでお願いします」

「じゃあ戻って車出すかー」

オン！　と喜ぶコタロウに、昼神が「お前は留守番」と嗜《たしな》めたそのとき、体育館の重たい扉が開いた。思わず振り返った三人と、体育館の中から出てきたバレー部員たちが向かいあう形となる。

「あっ、あの、すみません！　お邪魔して！　すぐ退きますので！」

しかし高校生たちはあわてるあかねのことなど目にも入っていない様子で、ただ一点のみを見ている。

「……え、なんで星海選手？」

「似てる人、では？」

「いや、マジだろ……」

「サイン!!」

汗だくのバレー部員たちに一気に囲まれてすっかり見えなくなった星海のほうを見て、昼神は楽しげに笑うのだった。

大日《だいに》本《ほん》電鉄ウォリアーズ（広島《ひろしま》県広島市）　Vリーグ Division《ディヴィジョン》 1
MB《ミドルブロッカー》　百沢《ひゃくざわ》　雄大《ゆうだい》
試合後　広島県広島市　選手寮にて

「おくつろぎのところ、お時間いただいてすみません！」

「いや、遠くまですみません」

「いえいえ、試合、楽しませていただきました！」

選手寮の食堂で向かいあい、百沢雄大《ひゃくざわゆうだい》とあかね——あまりにも体格の違いすぎるふたりが頭を下げあった。

「バレーボールは高校から始めたとお聞きしました」

「はい」

「ジュニアチームからの経験者なども多いなか、宮城県ナンバー1《ワン》の恵まれた体格を生かして、百沢選手は初心者ながら角川《かくがわ》学園高校を牽引《けんいん》してきましたよね。とくにプロ入り後、めきめきと頭角を現し、代表入りも囁《ささや》かれていますが、やはりご自身でもバレーボールは向いていた、と感じられますか？」

「…………」

……笑った？

あかねは、百沢の言葉を待つ。

「誘われて始めた当初は、向いているというか……単純なスポーツだと思いました。大きいほうが勝つのだと」

「高さは強さですよね！」

椅子に座っていても巨大な百沢の体躯《たいく》を、あかねは改めてほれぼれと見た。2メートルこそまさに規格外、未知の強さなのだ。その強さを持って生まれた百沢にとって、バレーボールは確かにシンプルな競技だっただろう。

「……だから、自分が高さで負けるとは、思いもしなかった」

「百沢選手より、高い選手が？」

「大きい奴が強いんじゃなく、高い奴が強かった。小さくても、はるかに高く、強い奴がいるんだと……」

「日向選手、ですか」

角川学園高校は、全国大会出場経験はない。

インタビュー前に調べた試合データでは、百沢は高校1年の春高予選で烏野高校に敗退している。あの烏野の多彩な攻撃、日向・影山コンビの速攻を前に、初心者の百沢には為《な》す術《すべ》もなかっただろう。

あかねは、先日の昼神幸郎の話を思い出す。

「あの、前に、別の方の取材で聞いた話なんですけど！　2メートルを超える選手はもちろん規格外の強さだと、そして2メートルの選手と互角に戦う小柄な選手も同じく規格外の強さだと！」

「…………？」

急に熱く語りだしたあかねに百沢が驚くが、あかねはかまわず続けた。

「当時、宮城県で、超レア選手同士の、運命の出会いがあったわけですね！　そして今、みんなで世界を相手に戦おうとしている！」

「…………」

百沢はしばらく黙って何か考えていたようだったが、心配そうに覗きこむあかねに気づくと、ちょっと背中を伸ばしてこう応えた。

「自分は運よく体格に恵まれたのだから、小さい者に負けるわけにはいかない……と思います。俺も、あいつを倒したいですから」

「妖怪世代を追え!」取材記②

はじまりの地「杜の都」へ。

ＪＲ仙台駅《せんだいえき》

「ついに……仙台《せんだい》！」

新幹線を降りたあかねは、胸いっぱいに1月の冷たい空気を吸いこんだ。先輩記者、柄《え》長二三《ながふみ》のアシスタントとしてついてきた一泊二日の宮城《みやぎ》取材取行である。

日本の主砲・牛島若利《うしじまわかとし》、2メートル超の逸材《いつざい》・百沢雄大《ひゃくざわゆうだい》、そして影山飛雄《かげやまとびお》・日向翔陽《ひなたしょうよう》コンビを育《はぐく》んだこの土地には話を聞きたい関係者がたくさんいたが、二日間で会える相手は限られている。一分一秒も惜しい気持ちで、あかねは改札を出た。

構内のお土産《みやげ》売り場と牛《ぎゅう》たん通り・すし通りに心を奪われつつ、まずはDIVISION《ディヴィジョン》3の二試合が行われる市立体育館へ向かう。柄長は、第一、第二試合の取材のあと、高校の取材へ。あかねは、第一試合のあと、キンイロスポーツジャンパーズの大平獅音《おおひられおん》選手、中島《なかしま》猛《たける》選手とのインタビューがセッティングされていた。

タクシーの中でもはやる気持ちを隠せないあかねに、柄長がきりりとした顔を向ける。

「取材、頑張《がんば》ってね。そして夜は美味《おい》しい牛タンを食べよう」

「はいっ!!」

スポーツメーカー勤務・キンイロスポーツジャンパーズ（宮城《みやぎ》県）Vリーグ Division《デイヴイジヨン》 3
OH《アウトサイドヒッター》　大平獅《おおひられ》音《おん》
スポーツメーカー勤務・キンイロスポーツジャンパーズ　L《リベロ》　中島猛《なかしまたける》

試合後　市立体育館にて

「失礼します！」

試合後の控え室に入ったあかねを、大平と中島が笑顔で出迎えた。

「どうもー」

「よろしくお願いします」

「お疲れのところ申《もう》し訳《わけ》ありませんが、今日《きょう》は、高校時代に遡《さかのぼ》って〝妖怪世代《モンスタージェネレーション》〟の強さの秘密に迫《せま》りたい——ということで、お伺《うかが》いしました！」

試合前後の選手を前にするとどうしても緊張してしまう。しゃちほこばって取材の説明をするあかねの前で、大平はくつろいだ様子《ようす》でスマホを出した。

「聞いてます聞いてます、若利の話だったらいくらでも。当時の写真も用意してきたし。若利の顔、なぜか全部同じだし、天童《てんどう》が邪魔《じゃま》くさいけど」

ちょっと怖《こわ》い感じの選手かな？　牛島選手みたいにとっつきにくい感じの人かな？　と心配していた大平が意外と気さくなキャラクターで、あかねは頭を下げながら安堵《あんど》する。

「ありがとうございます！　あの、今日は、牛島選手にかぎらず当時の宮城勢のエピソードもお聞きしたいと思っています」

中島が訊《き》き返す。

「宮城全体ってことですか？」

「なんか急に難しくなってきたな」

顔を見合わせるふたりに、あかねはあわてて説明する。

「いえ！　そんなに固く考えなくても！　学校にこだわらずに当時の話が聞けたら、と。ざっくばらんな感じで！」

「そういうことなら」

「ああ」

そして宮城での最初のインタビューが始まったのだった。


「大平選手のいた白鳥沢《しらとりざわ》は、当時も今も、高さと力にこだわるスタイル。そして中島選手のいた和久谷南《わくたにみなみ》は高さはなくともテクニックで繋《つな》ぐスタイルと、対照的なチームだったと思いますが」

「王者白鳥沢と比《くら》べられるとか……」

渋《しぶ》い顔をする中島の隣で、大平が軽く笑い飛ばす。

「いやいや、一度でも負けたら王者もなにもないでしょ」

牛島若利率《ひき》いる白鳥沢を破り、王者の称号を過去のものとしたのは、もちろん日向・影山両選手を擁《よう》する烏野《からすの》高校である。

妖怪世代《モンスタージェネレーション》の中心選手たちの話を聞くべく、あかねはグッと長机《ながづくえ》に身を乗り出してふたりを見た。

「烏野高校の台頭《たいとう》によって、宮城県は白鳥沢・青葉城西《あおばじょうさい》の二大巨頭体制が崩《くず》れ、群雄割拠《ぐんゆうかっきょ》の戦国時代が訪れたと言えますよね」

興奮したあかねの言葉に、大平が苦笑する。

「たとえが血なまぐさい」

「……スミマセン」

肩をすくめるあかねの前で、中島は感慨深《かんがいぶか》げに言うのだった。

「いや、影山飛雄は当時から天才的だったけど、日向翔陽……しばらく見ないあいだに育ちましたよねー！」

「なあ！　高校のときはもっとチョコチョコチョコチョコっとした感じだったはず！」

「それ！　チョコチョコ！」

ふたりが指を差しあい、なぜか笑いあう。

高校卒業以来、長らく姿を隠していた日向翔陽は、昨年秋、シュヴァイデンアドラーズ対ブラックジャッカル戦にて、再《ふたた》び我々の前に現れた。ブラジルでのビーチバレー修業を経《へ》てコートに戻ってきた日向は、まさに笑ってしまうほどの成長で、昔の彼を知るもの皆を驚かせたのだった。

中島はペットボトルの水をひとくち飲んで、しみじみと続ける。

「高校のときは、正直、個人技《わざ》では負けたと思わなかったのに。いや、試合には負けたけど……。しかも相手は1年だったけど……。あれ？　待って、俺、なんかカッコ悪いこと言ってます？」

「その気持ち、わかるわー」

ダークホース烏野に敗れた者同士が、顔を見合わせて笑う。

高校バレーにはこのように、読みきれないところがある。

2メートルの選手が入って――、コーチが変わって――、主力選手が卒業して――。年度が変わるとチームの均衡《きんこう》がガラリと変わり、番狂わせが起こる。

そしてその年の宮城では、新生烏野によるジャイアントキリングが起きたのだ。

あかねは中島選手に訊く。

「〝妖怪世代《モンスタージエネレーション》〟は、星海《ほしうみ》選手や日向選手など小柄《こがら》なプレイヤーもチームの中心となっています。高校時代の中島選手も、小柄ながら空中戦を得意とするプレースタイルでチームを引っ張ってきて、現在に至《いた》るわけですが、彼らの活躍をどう見ていますか？」

中島は快活に答える。

「星海選手や日向選手を見て、諦《あきら》めずに頑張る子が増《ふ》えるといいな、と思います。俺も、中学時代に見た烏野の試合……春高《はるこう》の〝小さな巨人〟の試合を見て、小さくても戦える道があるんだと教わったので」

「……烏野、に、小さな巨人？」

あかねが訊き返すと、中島の目がふわっと上を向いた。あたかも、そこに黒いユニフォームの選手が飛び出してきたかのように。

「170センチあるかないかの選手が長身の選手たちを翻弄《ほんろう》する姿に、こういう戦い方もあるんだ……と。そこからスタイルを変えました」

そこに、大平が割って入る。

「烏野に？　俺、あまり記憶に残ってないかも」

「君らは、中学から重機《じゅうき》みたいなチームだったから」

「重機って、遅そうでは？」

大平は中島のたとえがしっくりこないらしくブツブツと文句を言っていたが、中島はあかねに向き直って続けた。

「その頃の強豪《きょうごう》のイメージがまだあったから、俺らの頃の烏野って『堕《お》ちた強豪』とかって言われてて。そこからの復活劇に巻きこまれて負けてしまったというか……。あれ、ちょっと悔《くや》しくなってきた」

「まったく記憶にないわー」

「下々《しもじも》に興味ない感じ、まさに王者」

「負けたけどな！」

両選手が昔話で盛りあがる。

あかねは、戻ったら過去の春高データを見返さなくちゃ、編集部の誰かにメールで送ってもらわないと――とめまぐるしく考えながら、〝小さな巨人〟とノートに大きく書《か》き記《しる》したのだった。

建設会社（宮城《みやぎ》）勤務・VC伊達《だて》（社会人チーム）MB《ミドルブロッカー》青根《あおね》高伸《たかのぶ》
エネルギーメーカー（宮城）勤務・VC伊達　OH《アウトサイドヒッター》二口堅治《ふたくちけんじ》
練習後　市民センター体育館にて

キンイロスポーツジャンパーズの取材を終えたあかねは、再びタクシーに乗って移動する。行き先はVC伊達《だて》の練習場だ。
VC伊達の青根《あおね》、二口《ふたくち》両選手は、高校時代〝鉄壁〟を誇る伊達工業高校の中心選手だった。3年生の代には烏野高校を破り、インターハイ全国大会出場も果《は》たした宮城の強豪である。

　体育館に着き、急いで中に入る。片づけも終わってガランとした体育館で、青根高伸《たかのぶ》と二口堅治《けんじ》のふたりは床に座ってなにやら話しているところだった。二口の笑い声が響《ひび》くなか、あかねはすうっと息を吸うと、大きな声で挨拶《あいさつ》した。

「すいません、お待たせしました！　山本《やまもと》あかねです！」

　ふたりが座ったまま顔を上げる。

　二口は「あ、こっちも今、片づけ終わったとこなんで」と会釈《えしゃく》して、「ちょうどよかったよな」と青根に声をかけた。

　振られた青根がこくりと頷《うなず》く。

　あかねは安心して時計を確認し直すと、ふたりに伝えた。

「では、一時間ほどになると思います。お疲れのところ申し訳ありませんが、よろしくお願いします！」

「ここでいいの？　俺たちはいいけど、寒くない？　どっかで軽く飲みながらとかでもいいけど。なあ」

　二口の言葉に青根が再び頷いたが、あかねはキッと眉《まゆ》を吊《つ》り上《あ》げて応《こた》えるのだった。

「いえ、ぜひここでお願いします！」

以前、梟谷《ふくろうだに》ＯＢたちの取材がただの飲み会になってしまった反省があったのだ。取材はお酒厳禁で！

「〝妖怪世代《モンスタージェネレーション》〟の話、だっけ？」

二口が訊く。

「はい、牛島選手、影山選手、日向選手、そして百沢選手などとしのぎを削《けず》ってきた、高校時代のライバルからお話をお聞かせ願えないかと」

あかねが水を向けると、二口はもったいをつけるようにちょっと間《ま》を置いてから、静かに答えた。

「……烏野には、勝っている」

「インターハイ予選ですね！」

即座に返したが、二口の返事は予想外のものだった。

「いや、その前も、練習試合とかでも。なあ」

隣の青根が肯首《こうしゅ》し、二口は続ける。

「もともとはそんな強くなかったよな。正直、格下っていうか。あれ、2年のときだろ、烏野のエース凹《へこ》ませてやったのって」

青根が頷くのを見て、あかねは訊いた。

「凹ませた？」

「ああ、ヒゲエースのスパイク全部、徹底的にブロックしてやってさ。やった！ 心折った‼ って」

隣に座る青根が、ちょっと悲しそうな顔で二口を見ていた。

「烏野が『堕ちた強豪』と呼ばれていた時代ですね？」

あかねが訊くと、二口は片方の眉を上げる。

「ああ、それそれ。そんなことも言われてたかも。でもその烏野が、変な1年が入ったとたんアレになるんだからな。まあ、俺らは強くなってからの烏野にも勝ったけど！」

青根もぶるんと力強く頷く。

ふたりの誇らしげな顔を確認して、あかねは主題に移った。

「おふたりが3年生の年、インターハイ予選決勝、烏野戦での勝利の決め手はどこにあったと思いますか？」

二口はさらりと答えた。

「まあ、ウチも下にデカいの入って高さも揃《そろ》ってたし。あっちは上の代が抜けて、まだ守備に甘いとこがあったし。なあ」

青根が小さく頷く。

あかねはノートを開くと伊達工業の選手データを指でなぞり、二口が言う〝デカいの〟を見つけた。１９０センチ台の選手だ。

「……ええと、この、黄金川《こがねがわ》選手、ですね？」

青根、二口両選手に加《くわ》えて、高い壁が三枚。烏野にとって厳しい相手だったことは想像に難《かた》くない……と思っていると、二口が口を開いた。

「黄金、春から仙台フロッグスだって」

ノートを見ていたあかねが、ぴょこんと顔を上げる。

「え、仙台フロッグスだったら、明日《あした》行きます。京谷《きょうたに》選手の取材で！」

「……ふーん」

と、何か企《たくら》むような顔をすると、二口は訊いた。

「何時から？」

「えっ、あ、7時、です。朝の」

あかねはイヤな予感を覚えつつ、別の大変な事実に気づくのだった。

青根選手のコメント、まったく取れていないのでは？　これ、文字起こしどうしよう……、と。

牛タン専門店

「どうだった？　取材」

ビールのジョッキを傾ける柄長に訊かれて、あかねは小鉢《こばち》をテーブルに置いた。

「新事実がたくさん出てきて、ちょっと頭が追いつかないです！」

「よかった。で、明日も大変なんだよね」

あかねは「はい」と角煮《かくに》を箸《はし》でほぐして、応える。

「朝早いし、高校の監督たちにも話を伺うので」

「学校って意外と緊張するんだよね。で、この店、美味しいでしょ」

「はい！　牛タンの角煮なんて初めて食べたし、この牛タンたたきがすっごい美味しいです！　ぷりっぷり！　口の中で弾《はじ》ける！」

柄長が満足そうににっこりと笑う。

「でしょ、取材が決まった一か月前から予約してたんだよねー、ここ。あ、追加でテールスープお願いしまーす！」

カウンターに声をかける柄長の横顔は、取材中と同じく妥協《だきょう》のない真《ま》っ直《す》ぐな目をしていた。

「牛タンに本気だ……」

飲食店勤務・仙台《せんだい》フロッグス（宮城《みやぎ》県仙台市）　Vリーグ Division《ディヴィジョン》 2
OP《オポジット》　京谷《きょうたに》　賢太郎《けんたろう》

練習前　市立体育館にて

白い息を吐《は》いて、早朝の体育館に急ぐ。

「東北《とうほく》の朝、寒っ……」

ちょっと来るのが早かったのかもしれない、体育館はまだ開いていなかった。冷たい手を擦《こす》りあわせて待っていると後方に人影を感じ、あかねは反射的に振り返って挨拶する。

よい取材はよい挨拶から。

「おはようございます！　山本です！」

「はい、おはようございます!!」

あかね以上に元気のいい挨拶が返ってくる。

あれ？　思ってた京谷選手のイメージと違う？　別の選手かな？　と顔を上げると、そこにはニコニコとした見知らぬ笑顔があったのだった。190センチ以上はある、と思うが、誰だろう……。

「京た……に……選手、じゃないですよね、すみません！　あの、私、間違えて！」

すると長身の男は、ハキハキと元気よく、思いがけないことを口にしたのだった。

「いえ！　俺こそ、呼ばれてないっていうか、まだ正式にメンバーでもないんで！」

「え？」

思わず身構《みがま》えたあかねに、男は姿勢を正して自己紹介する。

「黄金川貫至《かんじ》です！　取材の山本さんですよね！　二口さんから聞いてます！」

「あ……」

あのとき、二口選手は明らかに何か企んでいる感じだったけど、まさかこんなところに黄金川選手をねじこんでくるとは……。絶句していると、後ろから新《あら》たに足音がした。今度こそ京谷選手だと振り返る。

「……なんで僕まで」

しかし、ぼやきながらノソノソとやってきた男も京谷ではない。こちらには見覚えがある、烏野高校出身の月島蛍《つきしまけい》だ。

「えっ、なんで、あの、おふたりは……!?」

黄金川がハキハキと説明する。

「なんか二口さんから、烏野倒した話をしてこいって言われて。それなら烏野もいたほうがいいだろうってツッキーも呼んで。春からは仲間だし、よろしくな！」

「僕らが君らに勝ったことないみたいな言い方だし、あと二度とその呼び方しないでくれる？」

そのとき、三人目の足音がした。

振り返ると、今度こそ京谷賢太郎《けんたろう》その人の登場である。片手に体育館の鍵を持った京谷は、まじまじと新人ふたりの顔を見て、顔を歪《ゆが》めるのだった。

「……俺の、取材」

「は、はい！　京谷選手！　今日はよろしくお願いします！」

そしてぞろぞろと控え室に移動し、予定外の鼎談《ていだん》が始まったのだった。

「奇《く》しくも、青葉城西高校、烏野高校、伊達工業高校と、三校の出身者が揃うことになりましたので、それぞれのチームの違いなどお聞きできればと思います！」

あかねが口火をきると、黄金川が「ハイ！　ハイ！」と手を挙《あ》げて発言する。

「烏野は、俺らの代は強豪！　という感じでした。春高行くのも毎年烏野で」

「どうも」

月島が勝ち誇ったような顔を見せる。

「2年のときのインハイは、俺ら伊達工《だてこう》が全国でしたけど！」

張り合う黄金川を、月島が半笑いであしらう。

あかねは脳内の「クレバーなブロッカー月島」というデータに「意外とストレートに感情を出す人」とそっと書き足《た》しつつ、話題をさらに掘り下げるべく訊く。

「白鳥沢・青城《せいじょう》の二強時代から、戦国時代に突入したタイミングですよね」

するとそれまで黙っていた京谷が口を開いた。

「……上が抜けて、ウチ《青城》は弱くなった」

「及川《おいかわ》さんたちの代、ですか。及川さん、チームを統《す》べる軍師みたいな人でしたからね」

月島が呟《つぶや》く隣から、黄金川が変わらぬテンションできりこんできた。

「あの、青城が弱くなったんじゃなくて、俺らが強くなったんじゃないスか？」

三人が、いっせいに黄金川を見る。

考えているのかいないのかわからない、黄金川のぴっかりと明るい顔を見て、月島は口を開いた。嫌味《いやみ》でも言うのかと思ったが、違う。

「伊達工のブロックは以前から全国レベルだったけど、確かに青根さんたちが3年のときが完成形って感じでしたね」

その言葉に黄金川はフンッと胸を張り、喋《しゃべ》りだした。

「1年のとき、春高の県代表決定戦で青城と当たって――」

「俺は伊達工戦は出てない」

京谷が口を挟《はさ》み、月島がさらに挟む。

「次の烏野戦ではお世話になりました」

「……いつか倒す」

「チームメイトになるんですけど？」

妙な緊張感が出てきた京谷と月島のあいだで、黄金川が「あのっ！」と続けた。

「そのときは俺が、青城のエースの人に抜かれて、負けて……。負けたんですけど！　その試合を見た茂庭《もにわ》さん、あ、前の主将が、歴代最強の鉄壁になれるって言ってくれて。だから、最強になろうって思ったんです！」

たどたどしくも喋り終わった黄金川をじっと見て、月島が訊く。

「なろうって思って……なった、ってワケ？」

「うん」

疑いなく頷いた黄金川を前に、月島が「似てる……」と顔を曇《くも》らせる。

「えっ、誰に？　誰に似てる？」

「……こっちの話」

「えっ⁉　こっちってどっち⁉　あっち⁉」

詰《つ》め寄《よ》ってくる黄金川から、今にも逃げだそうとする月島を引き止めるように、あかねはあわてて声を張った。

「あ、あのっ!!」

ガタイのいい三人の視線が集まる。

あかねはちょっと緊張しつつ、続けた。

「あの、さっきも話に出た及川選手ですが、チームの力を最大限に引き出すセッターだと、アドラーズの影山選手が……」

「出た、王様」

苦笑する月島に、黄金川が「なに？　誰が王様？」と迫る。

「王様、ですか？」

あかねも訊くと、月島は肩をすくめて説明するのだった。

「中学時代、影山センシュは横暴な王様としてチームからボイコットされていました。高校では王様より横暴な小さいのがいたので、心を入れ替えてプレーができました。めでたしめでたし」

「月島って、影山や日向と仲悪いのか？」

黄金川が心配そうに月島に訊く。

「……べつに、ただの元チームメイト」

未熟だった。

あかねは、振《ふ》り絞《しぼ》るようにそう言った影山の顔を思い出す。

欠《か》けたところのない完璧《かんぺき》な人間がいないように、長い選手人生のなかで、失敗や後悔《こうかい》のない選手なんていないだろう。その未熟さをただ抱《かか》え続けるのではなく、改善すべき問題点として洗い出し、克服《こくふく》する強さを持ったものだけが更《さら》なる高みへと駆けあがれるのかもしれない――。

そのとき、京谷が小さく呟いた。

「最終的に居場所が見つかれば、それでいい」

「居場所……ですか？」

「青城に、及川さんがいたから、俺はバレーを続けられた」

あかねにではなく、自分自身に言い聞かせるような京谷の言葉だったが、あかねは踏みこんで訊いた。

「京谷選手、バレーをやめようと思ったことがあったんですか？」

「ない」

ないんですか。

「ないが、部活はやめようかと……」

「でも、続けられた」

京谷が頷く。

京谷選手には軍師・及川選手が、そして影山選手には横暴な小さいの……日向選手がいた、ということなのだろう。ふたりとも、チームメイトに恵まれて自分の居場所《チーム》を見つけることができたのだ。

よかった、と思う。

若い彼らはいっとき迷って、でも今こうしてバレーを続けている。

よかった。

あかねは目の前の三人を改めて見た。

まるでソリが合わないように見える三人だけど、きっと助けあい、反目《はんもく》しあいながらこのチーム《仙台フロッグス》を自分の居場所にしていくのだろう。春からの新チームがどうなるのか、心から楽しみだった。

取材が終わり、練習が始まる。

体育館を出るまえ、あかねは京谷に駆け寄った。

「及川選手にも取材を申しこんだんですが、単独取材じゃないとイヤだと断《ことわ》られてしまって……」

「あの人らしい」

京谷は、今日初めてちょっと笑ったように見えた。そして言う。

「及川さんのことなら先輩たちがいくらでも話す、と思う。あとで取材のこと、訊いてみるんで」

市民体育館にて

あかねは一度体育館に戻り、取材中の柄長と合流した。ちょうど第一試合と第二試合のあいだで、ふたりはロビーでコンビニのおにぎりを食べながら今日の報告をしあう。

「夜、烏野の取材がちょっと遅いので……、もし新幹線に間にあわなかったら、柄長さん先に行っててください。私はバスでもなんでも戻れるんで」

あかねの言葉に、柄長は困ったようにため息をつく。

「熱心なのはけっこうだけど、でも、できるだけ時間は守るように。私が会社に怒られちゃうから」

「そ、そうですよね。すみません、頑張ります！」

そうだった、みんなの協力で取材ができてるんだから、迷惑をかけないようにしないと……。反省するあかねに、柄長は二個目のおにぎりを食べながら言った。

「せっかくの仙台だから、ランチも美味しいもの食べたかったね」

「いえ！」

きっぱりと首を振るあかねに、柄長が不思議そうに訊く。

「え、なんで？」

「午後は、天童《てんどう》さんオススメのお店で取材なんで！」

「それは、ぜったいお腹《なか》をすかせて挑《いど》みたいね……」

ショコラティエ（フランス在住）　天童覚《てんどうさとり》
仙台市内　甘味処《かんみどころ》にて

「天童さん、今回の来日の目的は？」

「なんか期間限定のポップアップショップ？　みたいなのこっちで作るんだって。その打ち合わせで呼ばれてさ。あ、これ美味しいよ、おすすめ」

初対面の天童覚《さとり》は、まるで友達のような距離感でメニューの三色餅《さんしょくもち》を指差した。

「じゃあ、それにします！　本場のずんだ餅楽しみ……。天童さん、ショコラティエさんだから洋菓子屋さんに行くのかと思ったら、甘味処に入られたので驚きました！」

「ああ、フランスじゃ食えないからね、餅」

「確かに」

と熱いお茶をすすって、天童の取材が始まった。

「今日は、バレー部時代のお話をお聞きできればと」

「俺の話っていうか、若利くんの話デショ？」

軽くそう言ってケタケタ笑う天童を前に、これは一筋縄《ひとすじなわ》ではいかなそうな相手だとあかねは気を引《ひ》き締《し》める。

「……というかですね、日本を牽引《けんいん》するスター選手を擁したチームが、どのようなチームだったのかを知りたいと思っています」

「普通ダヨ」

即答。

大きく空振《からぶ》りしてしまったような気持ちで、あかねは訊き返す。

「普通、というと？」

「だから、起きて、メシ食って、朝練行って、勉強して、メシ食って、部活して、寮に帰って、メシ食って、寝る。の繰《く》り返《かえ》し」

「それは、そうでしょうけど……」

「その学校のメンツがさ、強い奴《やつ》しかいなかったってだけだよね。ま、それが最高だったんだけど、ムダがなくて」

天童は上半身をぺたりとテーブルにあずけてあかねを見た。見透《みす》かすような目に緊張しながら、あかねは訊き返す。

「ムダ、とは？」

「だって、勝てばいいんだもん。のびのびできるよね。自由、自由」

強豪校のプレッシャーなどとは無縁の答えに、あかねは少し驚く。

「シンプル、ですね、確かにムダがない……。やることがはっきりしているからこそ、ですね」

「強いのが寄ってたかって点取ってくれてたおかげで、こっちは自由にやらせてもらえたし」

「その〝強い奴〟ばかりのバレー部の中でも群を抜いて強かったのが、牛島選手ですね」

天童がぴょこんと上体を起こし、嬉《うれ》しそうに頷く。

「そうだね。群を抜いて強くて、群を抜いて面白《おもしろ》かった」

「面白かった？」

そういう陽気な人っていう印象はなかったけれど……。どちらかというと寡黙《かもく》、というか……。取材時の牛島を思い出していると、天童は笑った。

「〝モンジェネ〟っていうけど、彼らはまさに妖怪《モンスター》だよね。若利くんとか、烏野のふたりとか」

「日向、影山選手ですね」

「どうせ他の奴らも同じくらい変なんでしょ、知らないけど。ああいう、ちょっとイッちゃてる人たち見てるの、愉快ダヨネ？」

「愉快、ですか」

「俺は常識人だから」

「………」

この人も十分に妖怪《モンスター》っぽい。

そうだ、天童さんは白鳥沢時代〝ゲス・モンスター〟の異名《いみょう》を持つブロッカーだったんだ……と思いながらも黙っていると、三色餅がやってきた。ずんだ、黒ごま、くるみの三色だ。

「あ、餅きた。食べよ。餅は、一秒ごとに硬くなる。食べどきは、今」

「えっ、あっ、ハイ！」

ショコラティエの忠告に、あかねは急いで箸を持った。そして名物のずんだ餅を口に入れる。

「…………!!」

左手が、勝手に頰《ほお》を押さえた。

しっ、しあわせ〜〜〜っ。

甘さ控えめで素材の味が生きた……というか、そういうことじゃなくて、とにかく！

やさしくてしあわせな味！　しみる!!

クーッと身悶《みもだ》えするあかねを見てケラケラ笑いながら、「美味しいよね、美味しいんだよ」と天童も、餅をパクついている。

しばらく取材は中断して、目の前の餅に集中することにした。美味しい。

お代わりしたいけど恥ずかしいし、柄長さんにお土産ということで自分の分もたっぷり買って帰っちゃおう……などと思っていると、天童の携帯が鳴った。

「あ、若利くんだ」

と、天童は迷わず電話に出る。

「どしたのー？　今？　取材中。うん、仙台。ううん、ちょうど若利くんの話してたとこ。モンジェネの取材だって。……あ、そうなんだ。そうそう、うん、あ、じゃあ同じ人だね」

あかねはドキッとして背筋《せすじ》を伸ばし、緊張しながらもくるみ餅を口に入れる。

「………!!」

これは初めての味、すっごいクリーミー。さすが世界のサトリ・テンドウが選んだお店、東京に支店ができたらいいのに……。

「うん、そうそう、ふだん、バレーのこととか取材されないからさ。この俺に、俺のことじゃなくて他人のこと話させるとかすごくない⁇　ウケる!!」

「………!!」

そうだった!

世界的に注目される奇才ショコラティエ、あのサトリ・テンドウを前に高校時代の部活の話しか聞かないとか、もしかして私ってばすごく失礼なことをしている⁉　ポップアップショップの話とか、限定商品の話とか、ずんだ餅の思い出とか、もっとそういうスイーツ的な取材も必要だった⁇　待って、違う。私が知りたいのは餅のことじゃなくて……。

すっかり恐縮して小さくなったあかねの内心を知ってか知らずか、天童は電話に向かってカラカラと笑うのだった。

「え？　なに言ってんの？　だってマブダチでしょ、俺ら」

いつかまた牛島選手に取材することがあったら、今度は天童さんのことを聞いてみたい。どんな話をしてくれるのだろうか。そして強者のみのチームはどんなに自由だったのだろうか――。

王者と畏《おそ》れられたチームに想《おも》いを馳《は》せつつ、あかねは黒ごま餅に箸を伸ばすのだった。

白鳥沢《しらとりざわ》学園男子バレーボール部総監督　鷲匠《わしじょう》鍛治《たんじ》

白鳥沢学園高校　教官室にて

16時、鷲匠《わしじょう》鍛治《たんじ》の根城《ねじろ》である教官室には、西日が深く差しこんでいた。あかねは隅《すみ》のソファに腰かけ、据《す》えつけの小さなキッチンでコーヒーを入れる鷲匠の後ろ姿を見ていた。なんだか申し訳ない、私が自分でやりたい……と落ち着かない気持ちでいると、鷲匠が振り向く。湯気の立つカップをそっけなく差し出すと、自分もソファに座り、訊いてくる。

「これまで、誰に話を聞いた？」

あかねはコーヒーを受け取り、答える。

「はいッ！　白鳥沢ご出身の選手では、牛島選手、大平選手、天童さんにお話を伺ってきました！　あ、あと五色《ごしき》選手にもお会いしました！」

鷲匠監督は彼らの顔を思い出すようにフッと笑った。

「この年寄りに、何を訊きたい」

「どのようなチームを目指《めざ》していらっしゃいますか？」

「勝つチームだ」

長年の知見《ちけん》から得た答えは至極《しごく》シンプルだった。鷲匠はぶっきらぼうに続ける。

「力、高さ。他に何がいる」

鷲匠の言葉は短く、鋭い。刃物を突きつけられているような気持ちになりながらも、あかねは反駁《はんばく》せずにいられなかった。

「わかりません。ただ、新しい強さを教えてくれるのが〝妖怪世代《モンスタージェネレーション》〟だと信じて取材をしています」

あかねのまっすぐな言葉に、鷲匠はようやく目の前のインタビュアーを見た。たくさんの優秀な選手たちを見出《みいだ》してきた目にひるむことなく、あかねも鷲匠を見返す。

しばらくそうして見合っていたが、鷲匠がようやく口を開いた。

「……そうか。そうだな」

あかねは孤爪研磨《こづめけんま》から聞いた話をきり出す。

「日向選手のブラジル行きにご尽力《じんりょく》されたとか」

「ちょうどブラジルに教え子がいた。亀《かめ》の甲《こう》より……ってやつだな」

鷲匠は薄く笑った。

日向からの土産なのだろう、机に置かれたコルコバードのキリスト像を見ながら、あかねは正直な感想を告げる。

「世界中にネットワークがあるのは、僭越《せんえつ》ながら、さすが白鳥沢学園高校の鷲匠監督だと感心します。優秀な選手を育ててきたからこそだと」

「もともと強い選手を集めてるんだ」

それは事実なのかもしれない。自分の理想のチームに適した選手を集め、鍛《きた》える。その結果が、常勝の王者・白鳥沢だった。

「四〇年以上にわたって、たくさんの選手たちを見てこられたと思いますが、伸びる選手に共通項はありますか？」

訊くと、鷲匠は唸《うな》るように言った。

「サッカーだったか……。代表選手には、長子がいないらしい」

「ちょうし？」

「次男、三男ばかりだと。長男でも、姉がいるとか。一番上の子どもではない、と」

「ああ、長子、ですか」

頭に漢字が浮かぶ。しかし、何の話に繋がるのだろうか。あかねは振り落とされないよう気を張って、監督の言葉を追う。

「……常《つね》に、身近に自分より大きく優《すぐ》れた人間がいて、追いつきたい、追い越したい、と奮起《ふんき》することで強くなるとか言っていたが、まあどこまで本当だか」

「下の子が負けん気が強い、というのはちょっとわかる気がします」

自身も妹であるあかねが実感とともに応えると、鷲匠は手にしたマグカップに向かって言った。

「現状に満足しない、常に上を目指し続けている奴だな。それが伸びる選手だ」

「ハングリー精神、ですね」

鷲匠がしわがれた声で換言《かんげん》する。

「餓《う》え、だな」

鬼気迫る鷲匠総監督の言葉に、あかねは何も返すことができなかった。監督は、あかねの強張《こわば》った顔に気づいたのか少し表情を緩《ゆる》める。

「そういう奴らがいるから、この歳《とし》になってもなお、新たな希望を垣間見《かいまみ》せてもらえる」

烏野《からすの》高校教諭《きょうゆ》・男子バレーボール部監督　武田《たけだ》一鉄《いってつ》
坂ノ《さかの》下《した》商店　店主・烏野高校男子バレーボール部コーチ　烏《う》養繋心《かいけいしん》

宮城県内　坂ノ下商店にて

すっかり日も暮れて、あかねは小さな個人商店の前に立っていた。

烏野高校の取材、本当にここでいいのかな……。でも、メールに坂ノ《さかの》下《した》商店って書いてあるし……。と店先のあかりのなかでキョロキョロしていると、中からドアが開く。煙草《たばこ》を持った男性が笑った。

「山本さん、だよな。よく来たよく来た。寒いだろ、早く入れ」

コーチの烏《う》養繋心《かいけいしん》だった。

「あ、ハイ！　失礼します！」

沸《わ》いたやかんが湯気を立てている店内の空気は、暖かく柔《やわ》らかい。思わずひと息ついてマフラーを外《はず》すと、店内のテーブルに座っていた眼鏡《めがね》の男性が立ち上がった。

「顧問《こもん》の武田《たけだ》です。遠路はるばる、お疲れですよね。すみません」

「いえ、こちらこそ遅くにすみません！」

「こんなもんで悪いけど」と、烏養が缶入りのココアを差し出してくれる。

「えっ、ありがとうございます！　いただきます！」

受け取った手が、温かさに喜ぶ。アットホームな雰囲気のなか、取材が始まった。

「で、俺らはなに話せばいいんだ？」

レジに座った烏養に訊かれて、あかねは答える。

「日向・影山選手たちがいた当時の、バレー部のお話をお聞かせ願えればと」

「なんだろうな……。コーチになったばかりのときは、とにかくバタバタしてて。目の前のことに対処するのでいっぱいいっぱいだったからな」

烏養の言葉に、武田一鉄《いってつ》も頷く。

「なんだかあっという間《ま》でしたよね」

「またいろいろ問題起こすんだよ、あいつらが」

ふたりが顔を見合わせて笑った。

「どんな問題があったんですか？」

訊くと、ふたりは今度は厳しい顔を見合わせる。

烏養が煙草の煙といっしょに吐き出した。

「いや……、もう、年がら年中喧嘩《けんか》してるわ、ロードワークで迷子になるわ、腹下すわ、赤点取って東京合宿危《あや》うくなるわ、呼ばれてない合宿にもぐりこむわ、春高でシューズなくすわ、熱出すわ……。もう次から次へと……」

「スポーツに怪我《けが》はつきものとはいえ、人様のお子さんをお預《あず》かりしてるわけですから、やはり体調には気を遣《つか》います。とくに遠征時は。日向くんが春高で発熱しましたが、二度と同じことが起きないよう、今も部員たちの健康面のチェックを怠《おこた》らないようにしています」

武田が教育者の顔つきで答えた。

「その春高出場など、快進撃のキーとなった要因は何だと思いますか？」

あかねの問いに、レジの清算をしていた烏養が顔を上げる。

「それはもう、あいつらのすごさは今を見ればわかるとして……。見えないところで頑張ったのは、先生だな。陰《かげ》のＭＶＰだよ」

「また、そんな……。僕はただ必死だっただけなので。もちろん今もそうですけど」

目の前の武田に訊く。

「武田先生は、当時どのようなご尽力を？」

「そりゃあもう、貯金をきり崩す勢いで」

と横から口を出した烏養に「いやいや崩してないですから！」と否定してから、武田は答えた。

「僕はまったくバレーのことは知らなくて。顧問になったとはいえ、なんの指導もできないし、生徒たちに与えられるものは本当に何もなかったんです。僕にできることといえば、皆さんの力をお借りすべく走り回るだけで……」

たしかに部活の顧問になった先生たちがみんな経験者のわけがないし、すべての学校が外部のコーチを呼べるわけでもないだろう。武田の苦労を思うと、頭が下がる思いだった。

「正直、そこまでしてくれる先生はレアですよね。ただ無難に仕事をこなす感じでもいいわけですし」

「そうなんだよ、褒《ほ》めてやって」

烏養も頷く。

「いえ、毎日頑張っている彼らの顔を見ていたら、僕もできることをしないと、と。僕を動かしてくれたのは、逆境でも腐《くさ》らずに前を見続けていた澤村《さわむら》くんや菅原《すがわら》くん、東峰《あずまね》くんたちの頑張りです」

「〝小さな巨人〟の卒業後は『堕ちた強豪』と呼ばれていたとか……」

あかねが訊くと、烏養が短くなった煙草を消して言う。

「まあうちの爺《じい》さんの不在も一因なんだがな。引《ひ》き継《つ》ぎくらいしろっての！」

「いえいえ、健康が第一ですから」

と武田がなだめる。

あかねは、レジに肘《ひじ》をついた烏養に向かって言った。

「名将・烏養一繋《いっけい》監督時代、烏野は〝小さな巨人〟――宇《う》内天満《だいてんま》選手の活躍で一躍強豪校に躍《おど》り出《で》たと聞きます」

あかねはスマホを出して、写真を表示させた。

昨夜、編集部に残っていた社員から、２００８年春高パンフレットの当該《とうがい》ページをメールで送ってもらえたのだ。全国の舞台で活躍した身長１７０センチそこそこのエースが、集合写真の中央からこちらを睨《にら》みつけている。

「和久谷南高校の中島選手も〝小さな巨人〟を参考にプレースタイルを変えたと言っていました。テクニックで、高さと戦うスタイルですね」

小銭《こぜに》を数えながら、烏養が頷く。

「ああ、戦い方は、ある。小さくてもな。身体能力は当然必要だが、そんなもんデカい奴だって同じことだ」

「じゃあ、小柄な選手には、他に何が必要なんでしょうか？」

あかねの問いに、烏養は即答する。

「俺が知りたいわ」

「……ですよね」

肩をすくめたあかねに、烏養は続けた。

「ただ、選手の数だけ戦い方があるだろ？　小さいからってみんながみんな同じやり方をしなくたっていいはずだよな。攻略法《こうりゃくほう》がひとつのわけがない」

「あ、そうか。そうですね」

「こうやりたい、こっちのほうがかっこいい、俺はこれが得意——。ひとりひとりみんな違うはずだ」

そのとおりだ、と、あかねはノートにペンを走らせた。突破のしかたは人それぞれだろう。星海選手と日向選手だって、それぞれ違う強さを持っている。ひとりひとりの能力も違えば、チームの色も違う。適材適所、と言っていたのは誰だったか。そうだ、海《かい》くんだ。

じっと考えこんだあかねに、烏養は言った。

「ただ、自分はこうなんだと決めつけず、変化していくしなやかさは必要かもしれない」

「どれだけ打ちのめされても折れない、というしなやかさも」

武田が口を挟むと、烏養が顔をしかめた。

「……しなやかしなやかって、ぐねぐねして軟体動物みたいだな」

「はは、まあ、柔《じゅう》よく剛《ごう》を制すと言いますしね」

武田の言葉に、烏養は急に真面目《まじめ》な顔に戻る。

「それこそ、先生のことだな」

「え、僕ですか⁉」

「あちこちしつこく頭を下げて下げて下げて、最終的には話を通してくるんだよ。音駒《ねこま》との練習試合を取りつけたのだって先生だ」

烏養の言葉に、あかねは思わずテーブルに身を乗り出した。ココアの缶が揺れる。

「〝ゴミ捨て場の決戦〟は、武田先生のご尽力で実現したんですね！」

クーッと身をよじって、あかねは拳《こぶし》を握《にぎ》った。

「私も見たかったです！　烏野での練習試合‼　私の兄なんか『心の友ができた！』って興奮して帰ってきて！」

「つまり梟谷学園グループとの縁も、先生のおかげってことだ。考えてみれば、俺も先生に引きずりこまれたクチなんだが」

笑う烏養に、武田が頭を下げる。

「引き受けてくれた烏養くんには、本当に感謝しています」

「それはこっちの台詞《せりふ》だよ」

「いえ、僕は……」

恐縮する武田にかけた烏養の言葉が、あかねの印象に残る。

「この件で遠慮はなしだ、先生。あいつらと先生が、万年補欠だった俺を、春高に連れてってくれたんだからな」

宮城《みやぎ》県警 生活安全部　澤村大地《さわむらだいち》
小学校教諭《きょうゆ》　菅原孝支《すがわらこうし》
理学療法士《りょうほうし》　縁下力《えんのしたちから》
スポーツインストラクター　田中龍之介《たなかりゅうのすけ》
大学４年・来年から家電メーカー（宮城）勤務　山口忠《やまぐちただし》
　居酒屋おすわりにて

　前の取材が長引いてしまったのだ。私が悪い。遅れた私が悪いのだが——。指定の居酒屋に足を踏み入れたあかねは、瞬時に後悔した。

「山本の妹だよな！　こっちこっち！」

ジョッキ片手に手を振るのは兄の猛虎《たけとら》とも仲のいい田中龍之介《たなかりゅうのすけ》だ。そして、その田中の後ろで鬼の形相《ぎょうそう》をしているのは、音駒戦でツーセッターとしてコートに入った菅原孝支《こうし》だった。

「だーかーら、田中は黙れってのー！」

「なんでですかスガさん、さっきから！　ちょっ、痛い、痛いですって！　つねられるの地味に痛い！」

あかねの顔が、曇りに曇る。

「なんなのこれ…………」

お酒を飲ませてはいけないとわかっていたのに。だけどここがバレー部時代の思い出の店だって言うから……。そもそもなんで高校の思い出の店が居酒屋なの、そんなことってある？？？？

立《た》ち尽《つ》くすあかねの前で、澤村大地《だいち》が頭を下げた。

「すみません。見てのとおり、菅原が酔いつぶれました」

「いえ、私こそ遅くなって……」

「まあ、座ってください」

勧《すす》められて小上がりの隅に座ったあかねに、澤村は続けて弁解する。

「旭《あさひ》と西谷《にしのや》にも連絡取ろうとしたんだけど、なんかまた電波が届かない秘境に行ってるらしくて……」

どこ？　っていうか、また？　どういうこと？

謎《なぞ》が深まる一方だったが、

「とりあえず、烏野の歴代主将三人が揃ったってことで！　カンパーイ!!」

という田中の言葉に、やさぐれかけていたあかねの心がパッと浮き立った。

三年連続春高出場、名実ともに強豪校へのしあがった烏野の立役者《たてやくしゃ》たちに話が聞ける！

取材！　あかねは気持ちを入れ替えて、居酒屋のテーブルをぐるりと見まわす。

「どうも、元主将です」

と、まず片手を上げた澤村は、酔いつぶれた菅原に巻きつかれている。

「……一応、主将でした。俺なんかで申し訳ないですけど。あ、ホヤ頼みます？」

次の主将、縁下力《えんのしたちから》は自嘲《じちょう》気味にそう言って、机の隅でパクパクとホヤ酢《す》を食べ続けている。

そして最後に山口が、机に散乱した皿や空《から》ジョッキを一箇所《いっかしょ》に集めながらメニューを渡してくるのだった。

「あ、何頼みます？　ソフトドリンクですよね」

山口からソフトドリンクのメニューを受け取り、三者三様の姿をもう一度順番に見返して、あかねは心の中で叫ぶ。

〝強豪・烏野主将〟のイメージと違う！

そして主将だけでなく、元副主将のイメージもまた違った。

「田中ー、トイレまで連れてってー」

「ちょっとスガさん、自分で行ってくださいよ！」

「なーんか、立てないんだって。……なんでだべ」

「もう……、はい、立ってください」

と、肩を貸す田中に、縁下が声をかける。

みかんサワー

「その姿勢、腰やりやすいから気をつけろよー」

……もう本当にただの飲み会じゃん。梟谷の人たちのほうがまだ取材になってたよ……

と、あきれながらもあかねは思う。

でも――。

今朝《けさ》、月島から聞いた影山選手のエピソードを思い出す。チームからボイコットされた中学時代、そして烏野での成長と克服。

目の前の酔っ払いたちを改めて見直し、考える。

この人たち、この烏合《うごう》の衆《しゅう》みたいなチームだったから、影山選手はのびのびとプレーできたんじゃないだろうかと。

あかねは、まだほろ酔い加減でとどまっている澤村に声をかけた。

「実は、さっきまで烏養さんと武田先生に話を聞いていたんですが」

「え、ふたりとも元気だった?」

澤村が、ジョッキを置いて顔を向ける。

「はい!」

「なんか俺らのいい話してた?」

ちょっといたずらっぽく笑う澤村に、あかねは言った。

「はい! 皆さんと武田先生が、万年補欠の自分を春高に連れてってくれた、と、烏養さんが」

「……は?」

澤村の目つきが変わった。

あかねは瞬時に「あ、強豪校の主将の顔だ!」と背筋を伸ばす。

でも、なんで怒るの? いい話なのでは?

混乱していると、澤村は手元のジョッキを飲《の》み干《ほ》して言うのだった。

「先生がいなくちゃダメだったし、コーチがいなくてもダメだった。ここにいる誰か……菅原が欠けても、縁下がいなくても、山口がいなくても田中がいなくてもダメだった。全員で行ったんだよ。誰が連れてったとか、連れてかれたとかない。まあ後輩たちにかーなり引っ張ってもらった感じはあるけど、でも、全員でもぎ取った全国だから。それだけは絶対に書いておいて」

ああ、やっぱりそうだ。

このメンバーで、この主将だったからだ。

天才・影山選手も、初心者・日向選手も、この烏野だったから伸びていったんだ。年がら年中喧嘩して、協力しあって、自分たちにのしかかった〝堕ちた強豪〟の汚名《おめい》を、全員で跳《は》ね飛《と》ばしていったんだ――。

そのとき、後ろから声がした。

「俺は、スガさんをトイレに連れていきましたけどね」

振り返ると、菅原に肩を貸したまま田中がしたり顔で立っている。

「ありがとなー、田中ぁ。もう許すよ、俺はもう全部許す！」

ぐだぐだの菅原が、何かを許していた。

「このとおり、会うたびにすべてを許してくれる、いいセンパイです」

田中はそう言って、菅原のサンダルを脱がして小上がりに引っ張り上げるのだった。

その姿を見ながらあかねは思う。

田中さん、いったい何をしたんだろ。

そういえば、うちのお兄ちゃんもちょっと前、めちゃくちゃ田中さんにキレてたことあったけど……。

「田中ー、その引っ張り方、腰やるぞー」

のんびりと奥から声をかけた縁下に、田中が言い返す。

「手伝えよ！」

「俺は許してないから」

「俺は許した!!」

「スガさん、暴れないで！」

新幹線

東京行き最終の新幹線に駆けこんで、柄長は缶ビールを開けた。

「ギリギリだったね、間にあわないかと思った」

「すいません！　これ、あの、お土産のずんだ餅です。できれば今日中に……」

と、あかねが渡してきた紙袋と自分の手の中のビールとを見比べて、柄長が苦笑する。

「ビール開けるんじゃなかったな……。まあいいや、どう、宮城では収穫あった？」

「はい！　すっごく勉強になって、理解が深まったというか、いろんな視点から選手たちのことが見られるようになった気がします」

「いいね、レポート楽しみにしてる」

そう言ってビールを飲んだ柄長に、あかねはきり出した。

「それで、次は関西《かんさい》に行こうかと思ってます！」

「え？」

「もうスケジュールも考えてあるんです！　まず金曜に仕事を終えたら深夜バスに乗って、大阪《おおさか》に着きますよね。それで試合を見て、ブラックジャッカルの取材をして。で、夜に大阪を出ますよね、そうして静岡《しずおか》でEJP RAIJIN《ライジン》の……」

目を輝かせるあかねの隣で、柄長がグッとこめかみを押さえた。

「……ごめん。その深夜バス前提のスケジュール、アラサー的には聞いてるだけで悪酔いしそう」

「妖怪世代を追え!」取材記③

大阪〜そして新たな伝説へ。

MSBY《ムスビイ》ブラックジャッカル　OH《アウトサイドヒッター》　佐久早聖臣《さくさきよおみ》

試合前　大阪府内《おおさかふ》　市立体育館控え室にて

そして宣言どおり、あかねは大阪《おおさか》にいた。

「失礼します！」

ドアを開け、試合前の選手控え室に入ろうとしたあかねの脇《わき》を、コンテナボックスを抱《かか》えたスタッフが「すいません、通りまーす！」とすり抜けていく。

「佐久早《さくさ》選手、チェックしたぶん、こちらに置いておきまーす」

と長机《ながづくえ》に置かれたボックスに入っているのは、どうやらファンからの差し入れのようだった。佐久早聖臣《きよおみ》はマスク越しのこもった声で「……どうも」と返事して、続けた。

「……欲しいのあったら、みんなで分けてくれていいから」

その言葉を聞いて、あかねは思わず声をかける。

「優しいんですね！」

「………？」

いぶかしげに睨《にら》んできた佐久早に、遅ればせながら挨拶《あいさつ》する。

「すいません！　取材で伺《うかが》いました山本《やまもと》です！　今日は試合前のお忙しいときに申《もう》し訳《わけ》ありません！」

「……ああ、聞いてる」

疑うような佐久早の厳しい目が、ほんの少しだけ緩《ゆる》んだ。

「スタッフの方たちにおすそ分けなんて、優しいんだな、と思って……」

「いや……」

佐久早が言葉を濁《にご》したとき「ちゃうねん、ちゃうねん！」と突然割って入ってくる選手がいた。セッターの宮侑《みやあつむ》選手だ。

「ちゃうねん。臣《おみ》くん、怖《こわ》くて触《さわ》られへんねん」

「え？」

「ファンからの心のこもった差し入れやんかー、臣くん。使《つこ》うたってや、タオルもシャツもー。はいこれ、これも」

イヤがる佐久早の肩をがっしりとつかんだ侑が、次から次へとプレゼントを渡していく。

「やめ……」

佐久早は顔をしかめてするりと逃げだしたかと思うと、「……もう行く」と、足早に控え室を出ていったのだった。

「……えっ、あの、佐久早選手？　取材は……？」

呆然《ぼうぜん》と立《た》ち尽《つ》くすあかねに、侑が気の毒そうに声をかけた。

「ごめんなー、臣くんああいう奴《やつ》やねん。ほな」

と手を振って、侑も出ていく。

「え？」

プレゼントとともに置き去りにされたあかねが、レコーダー片手に悲痛な声をあげる。

「ええええええっー⁉　な、なんで⁉」

おにぎり宮《みや》　店主　宮治《みやおさむ》

市立体育館ロビー内　フード出店中

大阪まで来たのに、深夜バスで来たのに……。

あかねはとぼとぼと体育館の中をさまよっていた。できることなら、スタッフの人たちには顔を見られたくない……とロビーに出ると、おにぎり屋さんの屋台が出ているのを見つける。

「……おいしそう」

思わず漏《も》らせば、屋台の中から声がした。

「うまいで」

あかねは顔を上げ、そして叫ぶ。

「宮選手！　……じゃ、ない⁉」

「〝じゃないほう〟扱《あつか》い、傷つくわー」

そう言いながらも屋台の中で笑っているのは、もちろんおにぎり宮の店主、宮治《おさむ》である。

「す、すみません！　あの、宮……治さんですよね。あの、私、こういうものですが‼」

あかねが差し出した名刺を見て、治は首をかしげる。

「……月《げつ》バリの、インターン……？　インターンてなんやろ。ターン……？」

あかねは佐久早取材での失態を取り戻すべく、治に迫《せま》った。

「『妖怪世代《モンスタージェネレーション》を追う！』という企画で、春高時代を中心に選手や関係者の皆さんからお話をお聞きしています。ぜひ宮さんからも高校時代のエピソードをお聞かせ願えればと！」

「ああ、記者さんてことか？　でも、これからお客さん来るし、夜は店やし、どうしよか。……あ、このあと時間ある？」

と、治はエプロンのポケットからスマホを取り出した。

「え、あ、はい！」

「ほな、ちょっと待って」

治はしばらくスマホをいじっていたが、メモ用紙を取ってなにやら書きこむとあかねに渡した。

「ここ、行ける？」

農業（兵庫《ひょうご》）　北信介《きたしんすけ》
自宅にて

「あの……、すみません……」
玄関の中へ声をかける。
電車とタクシーを乗《の》り継《つ》いで教わった住所にやってきたものの、そこに建つ古く歴史のありそうな家がまえに、思わず気おくれしてしまう。緊張しつつ、あかねはもう一度声をかけた。

「……すみませーん」

「はいはい、どちらさん？」

にこやかに出てきたのは、家の雰囲気にぴったりのおばあちゃんだ。

この古民家感あふれるお家《うち》で、割烹着《かっぽうぎ》のお年寄りが出ていらして、なんか〝妖怪世代《モンスタージェネレーション》〟っていうか本物の〝妖怪《ようかい》〟の話になってしまうのでは？　と一抹《いちまつ》の不安を覚えつつ、あかねは頭を下げる。

「あの、山本と申します。北信介《きたしんすけ》さんとお約束していて……」

「はいはい」

おばあちゃんは笑顔で応じて、家の中に声をかけた。

「信ちゃん、お客さんやでー。あれ、外やろか。ちょっと待っとってな」

客間で待っていると、作業着姿の男性が入ってきた。治に紹介された、稲荷崎《いなりざき》高校バレーボール部の元主将、北信介だ。北は被《かぶ》っていた帽子を脱いで、会釈《えしゃく》する。

「治から聞いてます。バケモンたちの話を聞いてまわってる人、ですよね」

やっぱり本物の妖怪《バケモン》の話になるかもしれない……と思いつつ、あかねは頭を下げた。

「山本あかねです！　突然で申し訳ありませんが、よろしくお願いします！　おにぎり宮ではこちらのお米を使ってらっしゃるんですね、さっきおばあちゃんが教えてくれました。あ、おばあちゃんとか、失礼な言い方……」

「かまへんよ」と北も座り、「田んぼ、収穫前はきれいやで、キラキラ光って。今は農閑期《のうかんき》やけど」と、座卓の上の湯呑《ゆの》みに手を伸ばす。

「そうか、秋に収穫だから、田植えは……」

「6月やな。今は土作り。耕《たがや》して、肥料撒《ま》いて、準備期間やな」

「一年かけてのお仕事なんですね」

「コメは一年に一回しかできんからな。一生でもほんの数十回しか作られへん。で、高校時代の話やったな」

田んぼに思いを馳《は》せていたあかねが、ハッと今日《きょう》の目的を思い出す。

「あ、はい！　お米作りの話も興味深いのですが、今日は、稲荷崎高校バレー部・元主将から見た〝妖怪世代《モンスタージェネレーション》〟の話をお聞かせ願いたいと思っています！」

北はお茶をすすって呟《つぶや》く。

「高校の話か、なんやろな……」

「稲荷崎高校は、宮侑選手や尾白《おじろ》アラン選手、角名倫太郎《すなりんたろう》選手、理石平介《りせきへいすけ》選手など、現在Vリーグで活躍している選手たちを多数輩出《はいしゅつ》していらっしゃいますよね」

「そういうことになるな」

「彼らを育《はぐく》んだ稲荷崎高校バレー部という土壌《どじょう》について……」

「悪いけど、特別な指導法や練習法なんてものは、ないよ」

正論。

あかねにだってわかっていた。そんな〝バケモン養成法〟などあるわけもない。

だけど、彼ら〝妖怪世代《モンスタージェネレーション》〟を追い、点と点とを繋《つな》いでいくうちに浮かび上がってくる何かがあるはずだと信じて、日々奔走《ほんそう》しているのだ。ここで引き下がるわけにはいかない。

あかねはじっと北を見て、言葉を待った。

根負《こんま》けしたように、北は口を開く。

「……そうやな、もし何か特別なことがあったとするなら、尾白アランや宮侑みたいなバケモンたちが全力を出せる環境があった、ちゅうことやろか」

「それは、難しいことなんでしょうか？」

「ついてこられへん奴のほうが多かったら、全力出されへんやろ」

わかる。あかねも月刊バリボー編集部という今の環境にいるからこそ、中学、高校時代と違って、遠慮なく思う存分バレーボールの話ができるのだから。

北は手の中の湯呑みを見ながら呟く。

「ああいう、やってもやってもまだ足《た》りひんみたいな顔してバレーしよる奴らは、なんなんやろうな」

「人並みはずれた体力。……いや、餓《う》え、でしょうか」

「餓えか……。なら、腹一杯食わせてやれてよかったわ」

元主将はお茶を飲むと、高校時代を思い出すように言った。

「俺も、バレーは好きやけど、一日中はムリや、夜は寝たいし。けど、あいつらは、放っといたら腹減って倒れるまでバレーやるやろ。で、食べたらまたバレーやるんや。角名はどうやろ、あいつは勝ったら帰るかもしれんな。勝ち逃げがどうのこうの言うて、侑が引き止めるやろうけど」

「……ゲームを買ってもらったばかりの子ども、ですね」

「それがずうっと続いとるんや」

そう言って少し笑い、北は続けた。

「あいつらはプロになってよかったと思うわ。ちゃんとトレーナーやらなんやらついて、スケジュール立てて休ませるやろ」

北の話に、梟谷《ふくろうだに》OBたちの取材を思い出す。チームメイトも逃げだす木兎《ぼくと》選手の自主練、そして「おかしい奴らがプロになる」という言葉。

もしかして〝妖怪世代《モンスタージェネレーション》〟って、本当に妖怪《モンスター》たちの集まりなのかもしれない――と思ったとき、静かに襖《ふすま》が開いた。

妖怪⁉　と、あかねは振り返る。

「お口に合うやろか」

ニコニコと入ってきたのは、もちろん妖怪などではなく北のおばあちゃんで、手にしたお盆には、小さなおはぎとお茶が載《の》っている。

「たんとおあがり」

「ありがとうございます！」

遠慮なく口に運んだあかねの顔がほころぶ。

「おいしい！　あ、このおはぎのお米って、もしかして！」

「もち米はつくってへんな」

真顔《まがお》で答える元主将も、おはぎをつまむ。

「ごゆっくり」

と、部屋を出ていこうとしたおばあちゃんを「あの！」と引き止めて、あかねは訊《き》いた。

「あの、おばあちゃんは、北さんの部活に関する思い出って何かありますか？」

おばあちゃんはお盆を持ったまま、まるい笑顔で答える。

「バレーやろ？　せやな……セーター編《あ》んで東京行ってな、応援してん。けどな、目が追いつかへん。ボールも人もピュンピュン動きよるねんな」

「わかります、速いですよね」

「けどな、信ちゃんが、みんなと楽しそうにしとるとこ見れて、よかったわ」

おにぎり宮《みや》　店主　宮治《みやおさむ》
立花《たちばな》レッドファルコンズ（大阪《おおさか》府枚方《ひらかた》市）　Vリーグ Division《ディヴィジョン》 1
ＯＨ《アウトサイドヒッター》　尾《お》白《じろ》アラン
立花レッドファルコンズ　ＭＢ《ミドルブロッカー》　白馬《はくば》芽《が》生《お》
兵庫《ひょうご》県内　おにぎり宮にて

「俺はアランくんしか呼んでへんで」

厨房《ちゅうぼう》から聞こえた店主の声に、カウンター席に腰かけた尾白アランが笑う。

「せやけど〝妖怪世代《モンスタージェネレーション》〟の話やろ？　それやったら人多いほうがええやんか。で、芽《が》生《お》も連れてきてん」

「人のこと、邪魔《じゃま》みたいに言わないでほしい」

不満げな顔を見せる白馬《はくば》芽生の前に、すきやきおにぎりとネギトロおにぎりの載った皿を置いて、治が言った。

「芽生クンでかいやんか、うちの店が狭《せま》く見えるやろ」

「なんや、広いみたいな言いかたやな！」

尾白のツッコミに他の客までもが笑うなか、尾白と白馬に挟《はさ》まれたあかねは思う。

佐久早選手に取材できなかったときは、大阪まで来たのに……と落ちこみかけたけど、でも宮治さんの紹介でこうしていろんな人に話を聞けて——。

「……今回、自腹でここまで来てよかったです!!」

「おお！」

「ええぞー！」

稲荷崎ＯＢのふたりが笑い、やはり他の客も笑うのだった。

あかねは隣ですきやきおにぎりを食べ終えた、座っているにもかかわらず頭の位置がまったく違う白馬を見上げて感じ入ったように呟く。

「もはやその体格が、持って生まれた才能、ですね……」

「まあね」

ふふんとあかねを見下ろして、白馬はもうひとつのネギトロおにぎりにかぶりつく。ひと口で全部食べちゃいそう……と見ていると、反対隣の尾白が「そうは言うけどな」と話に加《くわ》わる。

「持って生まれた、言うても、侑と治、生まれたときはほとんど同じじゃ。いや、中学入るくらいまでどっちがどっちでもさほど問題なかったわ」

「そんなわけないやろ」

という治の声にちょっと笑ってから、あかねは手の中のみそおにぎりを見る。つやつやのお米、北さんが一年をかけて作ったお米だ。

「……でも、おふたり、選んだ道は違いますね」

「ツムのほうがちょこっとだけバレー愛しとったから」

カウンターの中で笑う治に目を移して、あかねは考える。

「ということは……〝妖怪世代《モンスタージエネレーション》〟は、バレーをめちゃくちゃ愛している人たち⁉」

「そんなオチ、編集長が許さへんやろ！」

尾白に間近《まぢか》から突っこまれたあかねが、皿の上におにぎりを取り落とす。

「び、びっくりした……」

驚くあかねに「東京の人、突っこまれ慣れしてへんねやった」と謝《あやま》ってから、尾白は言った。

「侑には治がおったからな。張り合う相手がおったのがよかったんやろ。日々戦いやったからな」

「俺、べつに張り合う相手とかいませんでしたけど？」

言外に「でも強いですよ、俺」と含《ふく》ませた白馬を、尾白はおにぎりを頰張《ほおば》りながらあしらう。

「芽生より、星海《ほしうみ》クンのほうが手強《てごわ》いわ」

「はあああッ⁉　尾白さん、今なんて言いました⁇　聞き捨てならないんですけど、なんて

言いました？　俺より誰？　俺より誰ですか⁉　言ってくださいよ、なんで無視するんですか！」

「めちゃくちゃ張りおうとるやんけ」

あきれて笑う治を見て、あかねは思う。

違う道を進む今、宮兄弟はもう張り合ったり、競《きそ》い合ったりはしていないのだろうか、と。そして、他のおにぎりも食べたいけど、残念ながらもうお腹《なか》いっぱい、胃袋だけでも大きくなりたい……と。

広告代理店勤務　花巻貴大《はなまきたかひろ》
水族館（神奈川《かながわ》）勤務　渡　親治《わたりしんじ》
神奈川県内　水族館内カフェにて

年明けの宮城《みやぎ》取材からずいぶん経《た》って桜も咲きはじめたころ、仙台《せんだい》フロッグスの京谷《きょうたに》選手から連絡があった。

京谷は本当に元チームメイトたちにコンタクトを取ってくれたのだ。仕事にバレーにと忙しいなか、先輩や後輩たちの連絡先を調べるのは大変だっただろう。その心遣《こころづか》いに応《こた》えるためにも、あかねは絶対に取材を成功させようと心に誓《ちか》い、彼らに会いに行くことを決めたのだった——。

花巻貴大《はなまきたかひろ》がソフトクリームを舐《な》めながら説明してくれる。

「なんか矢巾《やはば》から連絡あってさ。あ、矢巾って後輩ね、一個下の。で、なんか及川《おいかわ》のこと調べまわってる人がいるって。最初、探偵かなんかだと思って断《ことわ》ったんだけど、そうじゃないって言うから」

「つまり、京谷が矢巾に頼んで、で、矢巾から俺らに連絡がきたってことですか」

とアイスコーヒーを飲む渡親治《わたりしんじ》は、及川、花巻らの1学年下で、この水族館の職員だ。

今日は仕事は休みだったが、花巻が「行ってみたいから」と取材場所に水族館を指定すると、イヤがる様子《ようす》もなく承知してくれた。先輩後輩のパワーバランスで断れないのかもしれないが。

ともあれ、尽力《じんりょく》してくれたのは京谷選手じゃなく、その矢巾さんという元チームメイトだったらしい。矢巾さんにもいつかお礼を言いたい——と思いつつ、あかねは取材を始める。

「それでは、まず及川選手のことをお訊きしたいのですが！」

しかし、ふたりは困ったように顔を見合わせる。

「なにから話せばいいのやら……」

「だよなあ。とりあえず、松川《まつかわ》にもなんか訊いてみるか」

花巻はスマホにメッセージを打ちながら「松川って、地元のほうで働いてる奴」とあかねに説明して、送る。と、すぐに返事がきた。

「はは、『日本に戻ってこなそう』だって。ありえそうで怖い」

笑う花巻に訊《たず》ねる。

「戻ってこなそう、とは？」

「なんか、向《アルゼンチン》こうで家庭とか持っちゃったり。あとなんか、あっちの大統領になってたり？　なんでだよ⁉　ってことをしかねない」

「確かに。何をするか読めない人ですからね……」

神妙な顔つきで頷《うなず》きあうふたりを見て、あかねは及川から届いたメールの文面を思い出す。確かに、読めない人、という人物評には同意できる。

花巻がソフトクリームのコーンをかじって続けた。

「基本的に、負けず嫌いの子どもなんだよ。で、勝つためには手段を選ばない」

「……え、何か卑怯《ひきょう》なことをする、とかですか？」

思わず鼻白《はなじろ》んだあかねを見て、ふたりが笑う。

「いやいや、ただもう、めちゃくちゃ練習するだけなんだけどさ。あいつ、ああ見えて真《ま》面目《じめ》だから。まあ、性格は悪いんだけど」

「なんと言うか、こう、圧というか、すごみがあるんですよね」

「それな。で、そんな奴が同じチームにいたら、俺たちもやらざるを得ないし」

元チームメイトたちの話ぶりからすると、及川選手はちょっと怖い感じの人なのだろうか。しかし、そう訊けば、花巻はひと言で斬《き》って捨《す》てる。

「いや、チャラいよ」

「はは、でもあんなに繊細《せんさい》に周《まわ》りを見ている人もいないというか」

渡のフォローの言葉で、あかねは宮城での取材を思い出す。

「京谷選手は、及川さんがいたからバレーを続けられた、と言っていましたが」

「ああ。及川は、去る者は追わないし、来る者は拒《こば》まないからな。ヤバい奴を手なずけた俺！　みたいなのに憧《あこが》れただけかもしれないけど」

そう言って花巻はソフトクリームを食べ終え、「アイス食ったら寒くなってきた」と、ジャケットの腕をさする。その様子を見てちょっと笑いながら、渡は言った。

「あっさりしてますよね、及川さんって。かと思いきや、謎《なぞ》の執着《しゅうちゃく》もある人ですけど」

「ダハハハハハハ、ある。影山《かげやま》だのウシワカだのは、ほんっと嫌いだよなー」

「そうなんですか？」

影山選手の取材からは、仲が悪いような印象は受けなかったけど——と驚いていると、花巻は楽しそうに笑った。

「あいつ、影山倒すまで死んでも死なないと思うわ。きっとコートの怨霊《おんりょう》とかになる」

「執着心がすごい」

渡が苦笑したとき、再《ふたた》び花巻のスマホが鳴った。

「あ、松川から。『どうせなんかしでかすに決まってるから、わざわざ動向を追う必要がない』って。それなー」

「わかります。存在が割りこんでくる感じありますよね」

と、渡も頷く。

「………？」

話を聞くほどに謎が深まるけど、いったいどんな人なんだろう、及川選手……。首をひねるあかねに、花巻は不敵な笑《え》みを浮かべた。

「とりあえずさ、このまま いなくなる奴じゃないから見てな。きっと、どっかから湧《わ》いて出てくるから」

大きな窓の向こう、イルカが跳《は》ねるプールのさらに奥に広がる太平洋を見る。

この海の先、先の先の先からバシャバシャと現れる及川選手を想像して、あかねも少し笑った。

アスレティックトレーナー（カリフォルニア在住）　岩泉《いわいずみ》　一《はじめ》

オンラインにて取材

モニターの中の岩泉一《いわいずみはじめ》はまだ昨日《きのう》にいた。カリフォルニアとの時差は16時間だ。

「現在、アスレティックトレーナーを目指《めざ》しているそうですが、なぜアメリカに？」

自室でパソコンに向かって訊くと、岩泉は画面越しにまっすぐあかねを見て答えた。

「尊敬するトレーナーがこっちにいたから、だな。日本の大学でひととおりの知識は学んだけど、より実践《じっせん》的な修業のために渡米することにした」

はっきりとした口調に、実直な人柄《ひとがら》が表れているように思う。

「目指すところがはっきりとしていたんですね。ちなみに、そのトレーナーの方はなんという方なんでしょう？」

「空井《うつい》崇《たかし》さん。元バレー選手で、高校のときから本を読んで勉強させてもらっていた。ちなみにウシワカの父ちゃんな」

「は？　え、あ……、はい、言ってました！　海外でトレーナーをしていると……！　あ、あ、そうか！　あー、私の聞き方が甘かった!!」

　思わずパソコンの前に突《つ》っ伏《ぷ》したあかねに、岩泉が声をかける。

「おい、大丈夫か？」

「すみません、大丈夫です。自室のせいか、つい取り乱してしまって……」と顔を上げ、

「私も読んでみます、本」とメモを取り、あかねは言った。

「及川選手も単身アルゼンチンに渡りましたし、おふたりとも決断にためらいがない感じがしますね。潔《いさぎよ》いというか」

　とたんに、岩泉の目が険《けわ》しく光った。

「あ、あの、どうしました？」

　訊けば、岩泉は苦々《にがにが》しげに答えるのだった。

「……あいつの影響がまったくなかったと言ったら嘘《うそ》になるが、べつにあいつの真似《まね》したわけじゃねえから」

ライバル視がすごい。選手からトレーナーに転身しても、エースの闘争心というものはなかなか消えないようだ。

「ところで、その及川選手ですが、いったいどのような人だったんでしょう。チームメイトの皆さんが言うには……」

と話している途中で、岩泉が遮《さえぎ》る。

「うんこ野郎だな」

「え？」

あかねはぽかんと口を開けた。聞き間違えたのかな、パソコンの調子が悪いのかな、と思ってもう一度聞くも、

「う　ん　こ　野　郎」

と、大真面目にゆっくりと繰《く》り返《かえ》されるだけだった。

「あ……はい、わかりました、ありがとうございます。ええと……」

話を変えようとすると、岩泉は真顔のままで続けた。

「あいつは人間としてはうんこ野郎だが、セッターとしてはものすげえ」

性格が悪くて、うんこ野郎の、ものすごいセッター。

わからない。わからないけれど、青城《せいじょう》の人たちはみんな、及川選手の話をしているときはどこか楽しそうに見える。いったいどんなプレイヤーなのだろう——と考え、あかねも潔く決断する。

いや、今は諦《あきら》めよう！

これはもう会わなくちゃわからない！

いつか、及川選手がどこかから湧いて出てくる日を、面と向かって話を聞ける日を楽しみに待とう——と心に決めて、あかねは最後の質問をした。

「岩泉さんは、どのようなトレーナーを目指していますか？」

「選手に怪我《けが》させせないトレーナー、だな。スポーツ選手っていうのは、とにかくムチャをしたがる。ムリでもムリと言わない。だから、そこを見極《みきわ》めるプロになれれば、と思う。あと、育成期のトレーニングも今後の課題だ」

「大切ですよね」

関西取材での北の言葉を思い出して、あかねは大きく頷いた。続けて語る岩泉の顔つきは、モニター越しにも元エースの頼もしさが伝わってくるようだった。

「人はひとりひとり違う個体だから、その人間にあったやり方があるだろ。個々のフィジカル、メンタルの両面から選手の状態を見極める目と、最適なトレーニングを提案できる知識とを養《やしな》いたいと思ってる」

電気工事会社（埼玉《さいたま》）勤務・たまでんエレファンツ（埼玉県）Vリーグ Division《ディヴィジョン》 2
MB《ミドルブロッカー》　金田一《きんだいち》勇太郎《ゆうたろう》
一十一《いちじゅういち》銀行（宮城《みやぎ》）勤務　国見《くにみ》英《あきら》
埼玉県内　カフェにて（国見はオンラインにて参加）

夜、練習を終えた金田《きんだ》一勇太郎《いちゆうたろう》が、自分のスマホに向かって喋《しゃべ》る。考え考え、ぼそぼそと。

「正直言って、及川さんに下駄《げた》を履《は》かせてもらっていた……ところはあったと思います。及川さんの卒業後、自分の本当の実力が見えた……ところはある、かな」

すると、テーブルに置いたスマホから、国見英《くにみあきら》の笑い声がした。

「その言い方、矢巾さんに失礼だろー」

「そ、そういう意味じゃねえよ！」

金田一が、画面の中で笑う国見に言い返した。

金田一とあかねはカフェの個室で向かいあって座ってはいるが、金田一はスマホ、あかねはノートパソコンに向かってそれぞれ喋っている。

高校時代の話を訊くにあたり、「国見もいたらいいんだけど……」という金田一の意向で、宮城在住の国見にもオンラインで同席してもらう運びとなった。そのために、Wi－Fi完備のカフェで個室を予約したのだ。頑張《がんば》って探しました。

「〝妖怪世代《モンスタージェネレーション》〟の中心選手には、宮城県出身者がとても多いですよね。おふたりはその点、どう思われますか？」

　パソコンの画面に映ったふたりに訊くと、国見が迷わず答える。

「及川さんが白鳥沢《しらとりざわ》を蹴《け》って、影山が烏野《からすの》に行った、ってことでしょ」

「は？　どういうことだよ、それ」

　金田一が首をかしげた。

「だから、強い奴が一か所に固まらなかったんだよ。みんな白鳥沢だったら、もう他の学校に勝ち目ないし、やる気もなくなるし」

「それは、確かに……」

　唸《うな》る金田一に、国見がニヤニヤと笑いながら言った。

「及川さんとウシワカ、影山とお前の仲が悪かったのが功《こう》を奏《そう》したな」

「なっ……！　お、俺はべつに……！　っていうか、なんで俺だけ！」

　動揺する金田一を無視して、国見は続けた。

「レベルが違う人に引っ張られるようにして、みんな強くなっていったんじゃない？　俺らは常《つね》に及川さんがチームにいたし、烏野には影山がいたし」

「日向だってすごいだろ?」

金田一の反論を、国見が封じる。

「影山がいなかったら、ただの初心者。中学の試合覚えてるだろ?」

「まあ、確かに……」

モニターの中の国見が笑う。

「な、みんな仲悪くてよかったろ? 結果オーライってこと」

「それは違うだろ!」

実直な金田一と、抜け目のない国見——という感じだろうか。ふたりのかけ合いを聞きながら、あかねは高校、中学時代の彼ら、そして影山のことを思った。

中学時代のことを聞こうとして、しかし次《つ》いで聞こえたふたりの言葉に、あかねは口をつぐむ。

「いいじゃん、今はべつに仲悪くないし」

「まあ、そうだな……」

「本当にそうか?」

「な、なんだよそれ、本当だよ！　また一緒にやるんだろ、バレー！」

EJP（東日本《ひがしにほん》製紙）RAIJIN《ライジン》（静岡《しずおか》県静岡《しずおか》市）Vリーグ Division《ディヴィジョン》 1　MB《ミドルブロッカー》　鷲尾《わしお》辰生《たつき》
EJP（東日本製紙）RAIJIN　MB《ミドルブロッカー》　角名《すな》倫太郎《りんたろう》
EJP（東日本製紙）RAIJIN　L《リベロ》　古森元也《こもりもとや》
試合後　静岡県内総合体育館　選手控え室にて

「DESEO《デセオ》ホーネッツ戦、お疲れさまでした！」

「どうも！」

わざわざ立ち上がり、にこやかに椅子《いす》をすすめてくれたのは古森元也《こもりもとや》だった。他のふたりも、それぞれ会釈をして出迎えてくれる。

試合のあと、すぐに休みたいだろうところを、皆さんこうして時間を作ってくれて本当にありがたいと思う。この恩は、結果でお返しします！

あかねは並んで座った三人に向かってきり出した。

「今日は『妖怪世代《モンスタージェネレーション》を追う！』ということで、高校時代のことを中心にお話を聞けたらと思っています。まずは、〝妖怪世代《モンスタージェネレーション》〟と注目されることについてはいかがでしょう」

ウォーミングアップ代わりの軽い質問から入ると、角名が薄く笑った。

「……まあ、他称だから」

どうやらあまり気にしていないらしい角名に、古森が言う。

「でもそれで注目してもらえるわけだし、ラッキーだって。それにハズレの世代とか言われるよりはいいだろ？」

「ハズレはひどい」

鷲尾《わしお》が苦笑すると、古森は「でも、そうだろ？」と返して、あかねに向き直った。

「とにかく、そういう括《くく》りで注目されてるときに、その中で埋もれたくはないので頑張りたいかな！」

「まあね」

と、角名も頷く。

あかねは続けて訊いた。

「皆さん全国常連校のご出身ですから、大会や合宿などで以前から顔を合わせていたと思いますが、高校時代はそれぞれどのような印象を持たれていましたか？」

「印象かあ、印象なあ、なんかあったかな」

と、古森が隣の鷲尾をじいっと見る。

「そんなに見られても……。うち《梟谷》は木兎が調子の良《よ》し悪《あ》しにかかわらず全部持っていきがちなので、木兎の印象しか残らないんじゃないか」

「だったらうち《稲荷崎》は宮兄弟」

ふたりの言葉に、古森が笑う。

「ハハハ、派手なとこに目がいくよね」

「高校ナンバーワンリベロの余裕か」

「いやー、そういうんじゃないって！　やっぱりエース《佐久早》のほうが目立つしさ」

古森と鷲尾のやりとりを黙って聞いていた角名は、ペットボトルの水をひと口飲むと涼しい顔で言った。

「とりあえず、ＢＪ《ブラックジャッカル》に勝てばいいってことだね」

ふたりが、角名を見る。

「まあ、そうか」

「さらっと言ったなー」

三者三様の坦々《たんたん》とした言葉のなか、静かな闘志がじわりと伝わってきて、あかねは武《む》者《しゃ》震《ぶる》いを覚えた。そして同時に、遠くない未来を見たような気がした。

かつての仲間も、敵になる。そして世界を目指すとき、彼らは再び仲間となるのだろう——。その過程を、ぜったいにこの目で追い続けてみせる！

モデル　灰羽《はいば》リエーフ

都内　ホテルラウンジにて

「俺に、わざわざ部活のこと聞きにくるメディアの人なんていないんですけど」

ゆったりとソファにもたれたリエーフが、メロンジュースのストローを口に運んで笑った。

「それ、天童《てんどう》さんにも言われて……」

「天童さんって?」

あかねはティーフロートのアイスクリームをつつきながら答える。

「サトリ・テンドウ。冬、来日したタイミングでバレー部時代の話を聞かせてもらって。連れてってもらったお店のずんだ餅《もち》、美味《おい》しかった」

「へえ、あの人もやってたんだ、バレー。こないだ撮影でパリ行ったとき、店行ったけど。っていうか、来日したサトリ・テンドウにアポ取ってわざわざバレーの話とか！　ウケる！」

リエーフの爆笑がラウンジ内に響《ひび》き渡《わた》り、周囲の視線を集める。その中には、ゲラゲラと笑う男が、あの灰羽《はいば》リエーフだと気づいた人もいるかもしれない。というか、人を笑う姿までもが絵になってるのがさすがで、なんだかくやしい……。

あかねはぐっと唇《くちびる》を噛《か》んで屈辱《くつじょく》にたえると、訊いた。

「リエーフくん、部活で思い出に残ってることって、何?」

「えー、何だろ」

グラスに飾られたメロンをかじると、リエーフはゆっくりと目を閉じた。高校時代の思い出が、ぽつりぽつりと紡《つむ》がれる。

「……夜久《やく》さんにしごかれたこと……黒尾《くろお》さんに叱《しか》られたこと……、あと研磨《けんま》さんに嫌味《いやみ》言われたこと……」

「イヤなことばっかりじゃん!」

思わず笑うと、リエーフはパチリと目を開けた。

「え、あ、そうか。べつにそういうわけじゃないんだけどな」

「そうなの?」

「うん。この人たち、なんで俺にこんなに色々やらせようとするんだろ、ってずっと思ってさ。で、わかったんだよね。そうか、この人たちみんな、俺に期待してるんだ、って」

あかねはペンを持ち直して、次の言葉を待つ。リエーフは長い脚《あし》を組み直すと、言った。

「で、期待されるのって気持ちいいな、って」

Cheegle《チーグル》 Ekaterinburg《エカチエリンブルク》　ロシア・バレーボール・スーパーリーグ　L《リベロ》　夜久《やく》衛輔《もりすけ》
オンラインにて取材

「誰があいつ《リエーフ》に期待するかっつうの!!」

弾《はじ》けるような夜久の声にスピーカーがついていけず、音が割れる。

「下手《へた》くそだから練習させてただけじゃねーか!!」

リエーフへの反論をまくしたてる夜久の後ろには寮の部屋が映りこんでいるが、そのちょっとした雰囲気が日本とは違って見えて、やはり遠い異国にいるのだと思わされる。モニター越しでも物の質感が違うし、壁には謎の太いパイプが取りつけられている。訊けばそのパイプはセントラルヒーティングになっていて、「これがないと俺が凍《こお》る」らしい。

あかねは、スピーカーの設定を弄《いじ》りながら話題を変えた。

「それで、どうですかロシアは」

モニターの中の夜久が、ニヤリと笑う。

「全員2メートル超え」

「ひッ」

「でも、高さに慣れるのは糧《かて》になるからな」

「糧、ですか?」

「ああ。続けてりゃ、どうせ相手は世界だ。そのときが早いか遅いか、それだけだろ?」

「世界……」

私が取材している相手はみんな、常に先を、そして上を見て備《そな》えている人たちなのだと気を引《ひ》き締《し》め直して、あかねは訊ねる。

「いつから世界を意識してましたか?」

「いって……、ずっと、かな?」

「え、音駒《ねこま》のころから?」

思いがけない答えに驚いて、つい〝山本の妹〟の口調に戻ってしまい、「……ですか?」と取ってつけたように言《い》い足《た》す。

「うん。いや、最初から世界っていうか、なんていうか、カラオケでさ」

「カラオケ⁉」

ロシアとカラオケのギャップに躓《つまず》いているあいだにも、夜久は続ける。

「あの点数出るやつ、あれ、100点出したくない?」

「え? うん、あれば。100点出したい、かも」

「いい点出たら、次はちょっと小難しい歌とか選んでみたり」

それならわかる。わかるけど。

「それと同じでさ。できるだけ強い奴と戦いたいし、やるなら世界一がいい。そういう感じで、今ここ《ロシア》にいる」

「………」

取材ノートに「カラオケ」と書いたまま黙りこんだあかねを見て、夜久が爆笑する。

「〝まったくわかんない〟って顔だな!!」

MSBY《ムスビイ》ブラックジャッカル　OP《オポジット》　日向翔陽《ひなたしょうよう》
試合前　都内　区立体育館選手控え室にて

「これまで、誰に会ってきたの？」

逆に日向から訊かれて、あかねはペンを片手にこの半年ほどのことを思い出す――。

「まず牛島《うしじま》選手と影山選手、それから音駒のみんなに梟谷の方々……。宮城では烏野の方々、もちろん先生とコーチにも。あと伊達工《だてこう》の鉄壁お二方《ふたかた》と……」

日向が色めき立つ。

「青根《あおね》さんたち？　ずいぶん会ってないや、また試合したいな！　きっとブロック進化してるんだろうな！」

「あ、烏野の東峰《あずまね》さんと西谷《にしのや》さんには会えませんでした。ちょうどどこにいるのかわからなかったみたいで」

「西谷さんにも、もうずっと会ってない！　まあ、地球上にはいるだろうから、いつか会えるか！」

　地球――。

　スケールの大きな話に、深夜バス常連のあかねは眩暈《めまい》を覚えたが、しかし世界を股《また》にかける〝妖怪世代《モンスタージェネレーション》〟にとっては普通の感覚なのだろう――と自分を納得させ、続ける。

「あと、及川選手からは取材拒否を……」

「及川さん？　ブラジルで会ったよ？」

　ちょっとそこのコンビニで会ったかのようなもの言いに「あ、そうなんですか」と、次の話題に入りかけ、あわてて「えっ、なんでですか⁉」と訊き返す。

「そうなるよなー！　ブラジルで合宿だったんだって。ほら、隣だからさ」

　その〝隣〟はやっぱり〝隣町〟〝隣の学校〟くらいの話に聞こえて、あかねは自分のピントを〝世界〟に合わせる必要を感じた。難しいが、慣れなくてはいけない。〝妖怪《モンスター》世代《ジエネレーション》〟を追いかけるなら当然、世界が舞台となるのだから——。

まあ、身近な話題に感じてしまうのは、日向のオープンで人懐《ひとなつ》っこい人柄のせいもあるだろう。取材というより、雑談という雰囲気になってしまいがちなのも、同じことだ。

「先日、影山選手に高校での日向選手の印象を訊いたところ……」

「『へたくそ！』、だろ？　どうせ！」

影山の顔マネつきでそう言ってから、日向は「あいつが大人気《おとなげ》なくてすみません」と頭を下げる。

「いえいえ、そんな」

と笑って、あかねは単刀直入に訊く。

「日向選手は、どうしてそんなに強くなったんですか？」

「俺は、もっと強くなれる男」

決め顔を作る日向に「本当にそう思います」と素直《すなお》に応え、あかねは重《かさ》ねて訊く。

「ここまでの成長を可能にした、モチベーションをお聞かせください」

「モチベーション？」

日向は床に落ちていたボールを拾うと、両手でくるくると回す。

「モチベーションって言うのかどうか、わかんないけど」

「かまいません」

あかねが頷くと、日向は記憶を手繰《たぐ》るように喋りだした。

「悔《くや》しいけど、俺、ずっと影山が言うとおり、へたくそだったから。なんでかって言ったら、いろいろ足りなかったからなんだけど……」

「……身長、ですか？」

訊くと、日向は笑う。

「それもあるけど、練習も、経験も、指導者も、練習相手も、全部足りなかった。それで強い奴なんているわけない」

そしてじっとボールを見つめると、続ける。

「高校では、その足りなかったものが全部あって、本当に嬉《うれ》しかった。ほら、先輩もできたし！　でも、俺自身には足りないものがまだいっぱいあったから」

「何が足りなかったと思っていますか？」

「全部！　コート上の仕事を全部やるには、技術も身体能力も、全部のレベルを上げなくちゃいけないと思った」

「全部、ですか」

日向は大きく頷く。

「中学のときとか、高校に入ってすぐとか、俺は飛べるから大丈夫！　って思ってたんだけど、でも、それだけじゃダメだってわかったから。それって影山ありきだし。何かひとつだけ、ちょっとだけ足りなくたって、俺はこの先コートに立てないって」

言うとおりだと思う。

小柄な選手が戦い続けるには、体格以外のすべてが他の選手より秀《ひい》でている必要がある。プロの舞台は高校の部活とは違う。勝つことが命題であるコートに、勝てない選手は必要ないのだ。

日向は真《ま》っ直《す》ぐにあかねを見て言った。

「コートに残れるのは勝った奴だけだから、強くならなきゃいけなかった。勝たなきゃ、コートにいられない」

「つまり、足りなかったことこそがモチベーション、日向選手の強さの秘訣《ひけつ》ですね」

そうまとめたとたん、日向から笑顔が消えた。

え。ヤバ、ちょっと失礼な言い方になっちゃったかな……と反省したが、どうやら取り越し苦労のようだった。

日向は暗い表情のまま、自嘲《じちょう》気味に笑う。

「……あれだけへたくそへたくそ言われてたら、やらなくちゃって思うものですよ？　なぜ影山とか月島《つきしま》とか、心ない冷血人間ばかりが同じチームに⁉」

「でも、それで強くなれたわけですし！」

「……素直に感謝しにくいものがあります」

だけど——。

苦笑《にがわら》いしながら、あかねは思う。

素直になろうがなるまいが、日向選手のその身体は、仲間たちへ雄弁に語りかけている。

ともに過ごしてきた日々、離れて過ごした日々のすべてが、今、コート上の仕事をすべてこなす彼の中に見えるはずだ。

「この先、日本での、いえ、世界での日向選手の活躍が楽しみです！」

「はい、俺も楽しみです！」

強さは選択肢《せんたくし》を広げ、自由を生む。

純粋に強さを求める妖怪《モンスター》たち。彼らは力を得るためなら、競いあう相手にも惜しみなく手を差し伸ばすだろう。差し出されたその手は、温かく優しいものばかりではないかもしれない。ときには厳しい言葉のこともあるだろう。

だけど厳しいだけのはずもない。もっと強く——と、同じ高みを目指す者同士、ボールが繋がっていくように、思いもまた繋がる。

「日向選手、今後の目標は？」

「世界一！」

はつらつと答えた顔が、しかし曇《くも》る。

「でも、今は俺より影山のほうが先にいる……」

「影山選手は、９月からローマですね」

「セリエＡ《アー》め……」

唸る日向の顔に思わず笑って、あかねは言った。

「おふたりが世界を相手に、ともにコートに立つ日を楽しみにしています！」

「でも、影山にも勝ちたいんだよなー!!」

ああ、この感じ！

ネットのどちら側にいようと、倒すべき目標であることは変わらないのだろう。相手が先を行く限り、いつまでも――。

そうだ。

彼らはバレーボールと出会い、同時に好敵手と出会ってしまったんだ。強さを求めて競いあう彼らの熱がうねりとなって、今、ついに世界に姿を現したのが〝妖怪世代《モンスタージエネレーション》〟で、そして――。

見えかけた答えに手を伸ばそうとしたとき、スタッフが日向に声をかけた。

「日向選手、そろそろお願いします」

「はい！」

もうすぐ試合が始まる。

立ち上がる日向に訊いた。

「世界一になったら、どうします？」

「金メダルを増《ふ》やしてく！」

満足することを知らない、餓えた妖怪《モンスター》たち。

もっと強く――という欲望に正直に、彼らは世界へ飛び出すだろう。そして未知の壁にぶつかっては、さらなる高みを目指すために挑戦を繰り返すはずだ。その壁に穴を穿《うが》ち、引き倒すため、仲間に手を差し伸べ、差し伸べられて。

貪欲《どんよく》に挑戦を続ける彼らを、いつまでも、この目でずっと見続けたい――。

「じゃあ、私もずっと取材を続けます！」

「カッコよく撮《と》って！　写真とか！」

「精進《しょうじん》します！」

「じゃ、行ってくる！」

大阪〜そして新たな伝説へ。

日向が駆けだした。

さあ、試合が始まる。

今日はどっちが勝つ？　強いほうが勝つ。どっちが強い？　それを決める勝負だ。笛が鳴る。敵も、味方も、気の合う奴も、合わない奴も、みんな入り乱れて、いざコートへ！

試合が始まる。

戦おう、楽しもう。

バレーボールを続けよう。

07
メイン
アリーナ
MSBY

■初出
ハイキュー!! ショーセツバン!! XIII 妖怪世代を追え！
書き下ろし

［ハイキュー!! ショーセツバン!!］XIII 妖怪世代を追え！

2020年11月9日 第1刷発行
2024年4月30日 第9刷発行

著　者／古舘春一 ◉ 星希代子

編　集／株式会社 集英社インターナショナル
〒101-8050 東京都千代田区一ツ橋2-5-10
TEL 03-5211-2632（代）

装　丁／勝亦一己

編集協力／佐藤裕介〔STICK-OUT〕

編集人／千葉佳余

発行者／瓶子吉久

発行所／株式会社 集英社
〒101-8050 東京都千代田区一ツ橋2丁目5番10号
TEL 編集部：03-3230-6297
読者係：03-3230-6080
販売部：03-3230-6393（書店専用）

印刷所／図書印刷株式会社

Printed in Japan　ISBN978-4-08-703504-9 C0293

検印廃止

『ハイキュー!!』のスピンオフ部活動コメディ!!
ライバル校やマネージャーたちが大暴走!?
ハイキュー部!!
1～11
宮島京平
(以下既刊) 大好評発売中!!
少年ジャンプ＋で隔週月曜日配信!!
ハイキュー部!!
11
宮島京平
JUMP COMICS＋

仲間がいるから、頂へ飛べる!!
シリーズ累計
6,000万部
突破!!
古舘春一
ハイキュー!!
ジャンプコミックス 全45巻 好評発売中!!

日常秘話満載の小説
文庫版になりましたアア!!!